浙江省社科联社科普及出版资助项目
浙江省社科规划一般课题（科普读物）-20KPCB01YB

中华经典诗文素读本

张虹霞　编

·杭州·

图书在版编目（CIP）数据

中华经典诗文素读本 / 张虹霞编 . — 杭州：浙江工商大学出版社，2020.8（2020.10 重印）

ISBN 978-7-5178-3949-1

Ⅰ . ①中… Ⅱ . ①张… Ⅲ . ①古典诗歌 – 诗集 – 中国 ②古典散文 – 散文集 – 中国 Ⅳ . ① I211

中国版本图书馆 CIP 数据核字（2020）第 120067 号

中华经典诗文素读本

ZHONGHUA JINGDIAN SHIWEN SUDUBEN

张虹霞　编

责任编辑　张晶晶

封面设计　林朦朦

责任印制　包建辉

出版发行　浙江工商大学出版社

（杭州市教工路 198 号　邮政编码 310012）

（E-mail：zjgsupress@163.com）

（网址：http：//www.zjgsupress.com）

电话：0571-88904980，88831806（传真）

排　　版　杭州红羽文化创意有限公司

印　　刷　浙江全能工艺美术印刷有限公司

开　　本　710mm × 1000mm 1/16

印　　张　14.5

字　　数　210 千

版 印 次　2020 年 8 月第 1 版　2020 年 10 月第 2 次印刷

书　　号　ISBN 978-7-5178-3949-1

定　　价　72.00 元

序

丽水学院做中小学师资国学培训，请我去讲一天的课，负责人是张虹霞，我理所当然地认为她应该是文学院教中文的，见面聊起来，才知道她原先是教英文的，近几年才转岗做教辅行政工作。说实话，我真有些摸不着头脑，学英文，做实验室管理，弄古诗文吟诵，这都不是一码子事呀！不过中国人把最弄不懂的事都说成是命，这也许就是张虹霞的天命！

2013 年，张虹霞才接触古诗文吟诵，可一下子就喜欢上了。什么叫喜欢？为了这个东西可以不顾一切，为了这个东西可以投入一切。按照这个标准，张虹霞对古诗文吟诵可是真喜欢！她放弃了十多年的英文教学，她疯狂地拜师学艺，她见缝插针地弘扬古诗文吟诵，在大学，去小学，到社会，她做课题、搞培训、做项目、上电视，真个是不亦乐乎！为什么如此喜欢，因为那是天命，“不知命，无以为君子也！”张虹霞是个知天命的君子。

“乐者，乐也！”心开悟解为乐，所以“乐入人心最深”。孔子特别重视乐教，“《诗三百》，夫子皆弦而歌之”。古人读书都用带腔带调的吟诵法，也就是中国式读书法。千百年来，古诗文原本口耳相传，不用记谱的，但是五四以降，文言式微，吟诵更是命悬一线，几成绝学。张虹霞发心要“为往圣继绝学”，要为中华文化复兴的伟大事业增添力量。有初心，知天命，自然产生舍我其谁的担当，自然迸发出不可遏制的力量。所以张虹霞跨界穿越式的变化可以理解，她的不计名利、孜孜以求可以理解，她的脸上常带着婴儿般的笑容可以理解。

《中华经典诗文素读本》是张虹霞这几年的智慧结晶，是给孩子们的，也是给父母的；是给中小学生的，也是给成年人的；是给浙江的，也是给中国的、世界的；是给现在的，也是给未来的。这些诗文，人们大都耳熟能详，有古有今，有诗有文，有长有短，有散有聚，有咏叹有议论，有故事有哲理，从《诗经》到《楚辞》，从《论语》到《庄子》《礼记》，从汉乐府到唐宋诗词再到近现代诗歌，范围很广、跨度很大，毛泽东、席慕蓉的诗作也在列，很有新意，现代诗并不逊于古诗，可想未来一定胜过今天。全书在排列上，以春夏秋冬为序，重在传统节日，同时辅以教师节等当代节日，很有创意。为了便于吟诵，标注了入声字，为了便于理解，加了必要的注释。书不厚，很精致，很细腻，很称心好用。张虹霞倾注了她极多的心思和期待。

是为序。

石初军

于华东交大孔目湖书院

2019 年 9 月 6 日

目录

1 四季风光

春

闲赏篇·春　《明文精选》……3
春江花月夜　［唐］张若虚……3
春思　［唐］李白……5
春望　［唐］杜甫……6
春词　［唐］刘禹锡……6
忆江南　［唐］白居易……7
钱塘湖春行　［唐］白居易……8
渔歌子　［唐］张志和……9
春日　［宋］朱熹……9
惠崇《春江晚景》　［宋］苏轼……9
桃花源记　［晋］陶渊明……10

夏

闲赏篇·夏　《明文精选》……14
夏日南亭怀辛大　［唐］孟浩然……15
积雨辋川庄作　［唐］王维……15
石鱼湖上醉歌（并序）　［唐］元结……16
饮湖上初晴后雨二首　［宋］苏轼……18
六月二十七日望湖楼醉书（其一）　［宋］苏轼……19
晓出净慈寺送林子方　［宋］杨万里……19
小池　［宋］杨万里……20
望海潮　［宋］柳永……20
爱莲说　［宋］周敦颐……21
与朱元思书　［南朝梁］吴均……22

秋

闲赏篇·秋　《明文精选》……25
蒹葭　《诗经·秦风》……26
秋水（节选）　《庄子》……27
子夜吴歌·秋歌　［唐］李白……28
茅屋为秋风所破歌　［唐］杜甫……29
秋兴　［唐］杜甫……30
山居秋暝　［唐］王维……31
天净沙·秋思　［元］马致远……32
秋声赋　［宋］欧阳修……32
出塞曲　席慕容……35

冬

闲赏篇·冬　《明文精选》……38
白雪歌送武判官归京　［唐］岑参……38
走马川行奉送封大夫出师西征　［唐］岑参……39

问刘十九　［唐］白居易……41
卖炭翁　［唐］白居易……41
卜算子·咏梅　［宋］陆游……42
卜算子·咏梅　毛泽东……43
闲赏篇·雪　《明文精选》……43
湖心亭看雪　［明］张岱……45
江雪　［唐］柳宗元……46
沁园春·雪　毛泽东……46

49 节日诗文

春节

春节的传说……51
丰年　《诗经·周颂》……53
天保　《诗经·小雅》……53
蟋蟀　《诗经·唐风》……55
次北固山下　［唐］王湾……57
元日　［宋］王安石……57

元宵节

元宵节的传说……59
正月十五夜　［唐］苏味道……60
生查子·元夕　［宋］欧阳修……60
青玉案·元夕　［宋］辛弃疾……61
上元竹枝词　［清］符曾……62

上巳节

上巳节的传说……64
溱洧　《诗经·郑风》……65

子衿　《诗经·郑风》……66
静女　《诗经·邶风》……67
兰亭集序　［晋］王羲之……68
丽人行　［唐］杜甫……70

清明节、寒食节

清明节、寒食节的传说……74
寒食雨二首　［宋］苏轼……76
寒食　［唐］韩翃……77
清明二首　［唐］杜甫……78
清明　［唐］杜牧……80
江城子·乙卯正月二十日夜记梦　［宋］苏轼……80

端午节

端午节的传说……82
江上吟　［唐］李白……85
临江仙　［宋］陈与义……86
游子吟　［唐］孟郊……86
蓼莪　《诗经·小雅》……87
凯风　《诗经·邶风》……89

七夕节

七夕节的传说……91
迢迢牵牛星　《文选》……94
秋夕　［唐］杜牧……94
乞巧　［唐］林杰……95
鹊桥仙　［宋］秦观……95

教师节

鹿鸣　《诗经·小雅》……97
无题　［唐］李商隐……98
师说　［唐］韩愈……99
师友箴　［唐］柳宗元……102
学而篇　《论语》……103
学记　《礼记》……107

中秋节

中秋节的传说……115
望月怀远　［唐］张九龄……117
月夜忆舍弟　［唐］杜甫……117
十五夜望月寄杜郎中　［唐］王建……118
水调歌头　［宋］苏轼……118

重阳节

重阳节的传说……121
九月九日忆山东兄弟　［唐］王维……123
登高　［唐］杜甫……123
醉花阴　［宋］李清照……124
采桑子·重阳　毛泽东……124
陈情表　［晋］李密……125

129 名家名篇

屈原

离骚（节选）　《楚辞》……131
东皇太一　《楚辞·九歌》……132
大司命　《楚辞·九歌》……133

少司命　《楚辞·九歌》……135
国殇　《楚辞·九歌》……137
橘颂　《楚辞·九章》……138
渔父　《楚辞》……140

陶渊明

饮酒（其五）……143
归园田居（其一）……143
五柳先生传……144
归去来兮辞（并序）……146

李白

金陵酒肆留别……152
蜀道难……152
下终南山过斛斯山人宿置酒……155
月下独酌……156
行路难……157
将进酒……160
登金陵凤凰台……161
梦游天姥吟留别……162
宣州谢朓楼饯别校书叔云……165
庐山谣寄卢侍御虚舟……166
春夜宴从弟桃李园序……167
与韩荆州书……169

苏轼

江城子·密州出猎……174
念奴娇·赤壁怀古……175
题西林壁……176

记承天寺夜游 176
赤壁赋 177
后赤壁赋 181

其他

七月 《诗经·豳风》......185
长恨歌 ［唐］白居易 187
琵琶行（并序） ［唐］白居易 192
滕王阁序 ［唐］王勃 198
阿房宫赋 ［唐］杜牧 205
岳阳楼记 ［宋］范仲淹 209
醉翁亭记 ［宋］欧阳修 212

215 主要参考文献

217 后记

四季风光

春

闲赏篇·春

《明文精选》

shǒu sì shí，sū wàn huì zhě，chūn yě。
首四时，苏万汇者①，春也。

qì nuǎn zé jīn yùn shū，rì chí zé yān qì mèi。
气暖则襟韵舒②，日迟则烟气媚。

bǎi niǎo hé míng，qiān huā jìng fā。
百鸟和鸣，千花竞发。

tián jùn jǔ zhǐ yú nán mǔ，
田畯举趾于南亩③，

yóu rén lián pèi yú dōng jiāo。
游人联辔于东郊④。

fēng guāng zhī yàn，yóu shǎng zhī yú，yǐ wéi zuì yǐ。
风光之艳，游赏之娱，以为最矣。

春江花月夜

［唐］张若虚

chūn jiāng cháo shuǐ lián hǎi píng，hǎi shàng míng yuè gòng cháo shēng。
春江潮水连海平，海上明月共潮生。

---

① 苏：苏醒。万汇：万物。
② 襟韵舒：胸襟和神情都舒展了。
③ 田畯：管理农业的官员。南亩：农田。
④ 联辔：一块骑马。

yàn yàn suí bō qiān wàn lǐ hé chù chūn jiāng wú yuè míng
滟滟随波千万里①，何处春江无月明！

jiāng liú wǎn zhuǎn rào fāng diàn yuè zhào huā lín jiē sì xiàn
江流宛转绕芳甸②，月照花林皆似霰③。

kōng lǐ liú shuāng bù jué fēi tīng shàng bái shā kàn bú jiàn
空里流霜不觉飞，汀上白沙看不见④。

jiāng tiān yí sè wú xiān chén jiǎo jiǎo kōng zhōng gū yuè lún
江天一色无纤尘，皎皎空中孤月轮。

jiāng pàn hé rén chū jiàn yuè jiāng yuè hé nián chū zhào rén
江畔何人初见月？江月何年初照人？

rén shēng dài dài wú qióng yǐ jiāng yuè nián nián wàng xiāng sì
人生代代无穷已，江月年年望相似。

bù zhī jiāng yuè dài hé rén dàn jiàn cháng jiāng sòng liú shuǐ
不知江月待何人，但见长江送流水。

bái yún yí piàn qù yōu yōu qīng fēng pǔ shàng bù shēng chóu
白云一片去悠悠，青枫浦上不胜愁⑤。

shuí jiā jīn yè piān zhōu zǐ hé chù xiāng sī míng yuè lóu
谁家今夜扁舟子？何处相思明月楼？

kě lián lóu shàng yuè pái huái yīng zhào lí rén zhuāng jìng tái
可怜楼上月徘徊，应照离人妆镜台。

yù hù lián zhōng juǎn bú qù dǎo yī zhēn shàng fú huán lái
玉户帘中卷不去，捣衣砧上拂还来⑥。

cǐ shí xiāng wàng bù xiāng wén yuàn zhú yuè huá liú zhào jūn
此时相望不相闻，愿逐月华流照君。

---

① 滟滟：波光荡漾的样子。
② 芳甸：芳草丰茂的原野。
③ 霰：雪粒。
④ 汀：沙滩。
⑤ 青枫浦：地名，指游子所在之地。
⑥ 捣衣砧：捶布石。

hóng yàn cháng fēi guāng bú dù, yú lóng qián yuè shuǐ chéng wén
鸿雁长飞光不度，鱼龙潜跃水成文①。

zuó yè xián tán mèng luò huā, kě lián chūn bàn bù huán jiā
昨夜闲潭梦落花，可怜春半不还家。

jiāng shuǐ liú chūn qù yù jìn, jiāng tán luò yuè fù xī xiá
江水流春去欲尽，江潭落月复西斜。

xié yuè chén chén cáng hǎi wù, jié shí xiāo xiāng wú xiàn lù
斜月沉沉藏海雾，碣石潇湘无限路②。

bù zhī chéng yuè jǐ rén guī, luò yuè yáo qíng mǎn jiāng shù
不知乘月几人归，落月摇情满江树。

春思

［唐］李白

yān cǎo rú bì sī, qín sāng dī lǜ zhī
燕草如碧丝，秦桑低绿枝。

dāng jūn huái guī rì, shì qiè duàn cháng shí
当君怀归日，是妾断肠时。

chūn fēng bù xiāng shí, hé shì rù luó wéi
春风不相识，何事入罗帏？

---

① 文：同“纹”，波纹。

② 碣石潇湘：碣石在北方，潇湘在湖南，一北一南相隔遥远。

春望

［唐］杜甫

guó pò shān hé zài，chéng chūn cǎo mù shēn。
国破山河在，城春草木深。
gǎn shí huā jiàn lèi，hèn bié niǎo jīng xīn。
感时花溅泪，恨别鸟惊心。
fēng huǒ lián sān yuè，jiā shū dǐ wàn jīn。
烽火连三月，家书抵万金。
bái tóu sāo gèng duǎn，hún yù bù shēng zān。
白头搔更短，浑欲不胜簪。

春词

［唐］刘禹锡

xīn zhuāng yí miàn xià zhū lóu，shēn suǒ chūn guāng yí yuàn chóu。
新妆宜面下朱楼，深锁春光一院愁。
xíng dào zhōng tíng shǔ huā duǒ，qīng tíng fēi shàng yù sāo tóu。
行到中庭数花朵，蜻蜓飞上玉搔头。

忆江南

［唐］白居易

其一

jiāng nán hǎo, fēng jǐng jiù céng ān
江南好，风景旧曾谙①。
rì chū jiāng huā hóng shèng huǒ
日出江花红胜火，
chūn lái jiāng shuǐ lǜ rú lán
春来江水绿如蓝。
néng bú yì jiāng nán
能不忆江南？

其二

jiāng nán yì, zuì yì shì háng zhōu
江南忆，最忆是杭州。
shān sì yuè zhōng xún guì zǐ
山寺月中寻桂子，
jùn tíng zhěn shàng kàn cháo tóu
郡亭枕上看潮头。
hé rì gèng chóng yóu
何日更重游？

① 谙：熟悉。

其三

jiāng nán yì, qí cì yì wú gōng.
江南忆，其次忆吴宫。

wú jiǔ yì bēi chūn zhú yè,
吴酒一杯春竹叶，

wú wá shuāng wǔ zuì fú róng.
吴娃双舞醉芙蓉。

zǎo wǎn fù xiāng féng?
早晚复相逢？

钱塘湖春行

［唐］白居易

gū shān sì běi jiǎ tíng xī, shuǐ miàn chū píng yún jiǎo dī.
孤山寺北贾亭西，水面初平云脚低。

jǐ chù zǎo yīng zhēng nuǎn shù, shuí jiā xīn yàn zhuó chūn ní.
几处早莺争暖树，谁家新燕啄春泥。

luàn huā jiàn yù mí rén yǎn, qiǎn cǎo cái néng mò mǎ tí.
乱花渐欲迷人眼，浅草才能没马蹄。

zuì ài hú dōng xíng bù zú, lǜ yáng yīn lǐ bái shā dī.
最爱湖东行不足，绿杨阴里白沙堤。

渔歌子

［唐］张志和

xī sài shān qián bái lù fēi táo huā liú shuǐ guì yú féi
西塞山前白鹭飞，桃花流水鳜鱼肥。
qīng ruò lì lǜ suō yī xié fēng xì yǔ bù xū guī
青箬笠，绿蓑衣，斜风细雨不须归。

春日

［宋］朱熹

shèng rì xún fāng sì shuǐ bīn wú biān guāng jǐng yì shí xīn
胜日寻芳泗水滨，无边光景一时新。
děng xián shí dé dōng fēng miàn wàn zǐ qiān hóng zǒng shì chūn
等闲识得东风面，万紫千红总是春。

惠崇《春江晚景》

［宋］苏轼

zhú wài táo huā sān liǎng zhī chūn jiāng shuǐ nuǎn yā xiān zhī
竹外桃花三两枝，春江水暖鸭先知。
lóu hāo mǎn dì lú yá duǎn zhèng shì hé tún yù shàng shí
蒌蒿满地芦芽短，正是河豚欲上时。

桃花源记

［晋］陶渊明

晋太元中，武陵人捕鱼为业。缘溪行①，忘路之远近。忽逢桃花林，夹岸数百步，中无杂树，芳草鲜美，落英缤纷。渔人甚异之，复前行，欲穷其林②。

林尽水源，便得一山，山有小口，仿佛若有光。便舍船，从口入。初极狭，才通人。复行数十步，豁然开朗。土地平旷，屋舍俨然③，有良田美池桑竹之属。阡陌交通④，鸡犬相闻。其中往来种作，男女衣着，悉如外人。黄发垂髫⑤，

---

① 缘：沿着。
② 穷：穷尽，走到头。
③ 俨然：整齐的样子。
④ 阡陌：田间小路。交通：交错相通。
⑤ 黄发：代指老人。垂髫：垂下来的头发，指小孩。

并怡然自乐。

见渔人，乃大惊，问所从来。具答之①。便要还家②，设酒杀鸡作食。村中闻有此人，咸来问讯③。自云先世避秦时乱，率妻子邑人来此绝境④，不复出焉，遂与外人间隔。问今是何世，乃不知有汉，无论魏晋⑤。此人一一为具言所闻，皆叹惋。余人各复延至其家⑥，皆出酒食。停数日，辞去。此中人语云⑦：“不足为外人道也。”

既出，得其船，便扶向路⑧，处处志

---

①具：详细。
②要：通“邀”，邀请。
③咸：都。
④妻子：妻子和儿女。绝境：与世隔绝的地方。
⑤无论：（更）不用说。
⑥延：邀请。
⑦语：告诉。
⑧扶：沿，顺着。向：先前的。

之①。及郡下，诣太守②，说如此。太守即遣人随其往，寻向所志，遂迷③，不复得路。

南阳刘子骥，高尚士也，闻之，欣然规往。未果④，寻病终⑤，后遂无问津者。

---

① 志：做标记。
② 诣：到，拜访。
③ 遂：结果。
④ 未果：没有实现。
⑤ 寻：不久。

夏

闲赏篇·夏

《明文精选》

rù shǔ zhēng rén rú hóng lú zhù jiàn shuí néng yuè
溽暑蒸人①，如洪炉铸剑，谁能跃
yě xū dé qīng quán wàn pài mào shù qiān zhāng gǔ dòng
冶？须得清泉万派，茂树千章②，古洞
hán fēng yīn yá jī xuě kōng zhōng lóu gé sì miàn qīng shān
含风，阴崖积雪，空中楼阁，四面青山，
jìng lǐ tíng tái liǎng háng huà hàn xiāng lián zhú diàn téng
镜里亭台，两行画鷴③，湘帘竹簟④，藤
zhěn shí chuáng xǔ xǔ rán dié yú zhōu yú wú bù dé ér
枕石床：栩栩然，蝶欤周欤⑤，吾不得而
zhī yě
知也。

---

①溽暑：闷热的夏天。
②章：量词。
③鷴：同“翰”，锦鸡。
④湘帘：用湘妃竹做的帘子。竹簟：竹席。
⑤蝶欤周欤：战国思想家庄周梦见自己化为蝴蝶，栩栩如真实。文中便提出这样的问题：不知是庄周在梦中化成蝴蝶，还是蝴蝶在梦中化为庄周？指真实和虚幻难以区分。

夏日南亭怀辛大

［唐］孟浩然

shān guāng hū xī luò， chí yuè jiàn dōng shàng
山光忽西落，池月渐东上。
sàn fà chéng xī liáng， kāi xuān wò xián chǎng
散发乘夕凉，开轩卧闲敞。
hé fēng sòng xiāng qì， zhú lù dī qīng xiǎng
荷风送香气，竹露滴清响。
yù qǔ míng qín tán， hèn wú zhī yīn shǎng
欲取鸣琴弹，恨无知音赏。
gǎn cǐ huái gù rén， zhōng xiāo láo mèng xiǎng
感此怀故人，中宵劳梦想。

积雨辋川庄作①

［唐］王维

jī yǔ kōng lín yān huǒ chí， zhēng lí chuī shǔ xiǎng dōng zī
积雨空林烟火迟②，蒸藜炊黍饷东菑③。
mò mò shuǐ tián fēi bái lù， yīn yīn xià mù zhuàn huáng lí
漠漠水田飞白鹭，阴阴夏木啭黄鹂。

① 积雨：久雨。辋（wǎng）川庄：即王维在辋川的宅第，在今陕西蓝田终南山中，是王维隐居之地。
② 空林：疏林。
③ 藜：一年生草本植物，嫩叶可食。黍：黄米，古时为主食。饷东菑：给在东边田里干活的人送饭。饷：送饭食到田头。菑：开垦一年的田地，此指初耕的田地。

shān zhōng xí jìng guān zhāo jǐn sōng xià qīng zhāi zhé lù kuí
山中习静观朝槿①，松下清斋折露葵②。
yě lǎo yǔ rén zhēng xí bà hǎi ōu hé shì gèng xiāng yí
野老与人争席罢③，海鸥何事更相疑④。

石鱼湖上醉歌（并序）

［唐］元结

màn sǒu yǐ gōng tián mǐ niàng jiǔ yīn xiū xiá zé zài
漫叟以公田米酿酒⑤，因休暇，则载
jiǔ yú hú shàng shí qǔ yí zuì huān zuì zhōng jù hú àn
酒于湖上，时取一醉。欢醉中，据湖岸
yǐn bì xiàng yú qǔ jiǔ shǐ fǎng zài zhī biàn yǐn zuò zhě
引臂向鱼取酒⑥，使舫载之，遍饮坐者。
yì yí yǐ bā qiū zhuó yú jūn shān zhī shàng zhū zǐ huán dòng tíng
意疑倚巴丘酌于君山之上，诸子环洞庭

---

① “山中”句：意谓深居山中，望着槿花的开落以修养宁静之性。槿花朝开夕谢，古人常以此悟人生枯荣无常之理。
② 露葵：经霜的葵菜。葵为古代重要蔬菜，有“百菜之主”之称。
③ 野老：此指作者自己。争席罢：指自己要隐退山林，与世无争。争席：典出《庄子·杂篇·寓言》，杨朱去从老子学道，路上旅舍主人欢迎他，客人都给他让座；学成归来，旅客们却不再让座，而与他“争席”，说明杨朱已得自然之道，与人们没有隔膜了。
④ “海鸥”句：典出《列子·黄帝》，海边有人与鸥鸟相亲近，互不猜疑。一天，其父要他把海鸥捉回家来，他又到海滨时，海鸥便飞得远远的，心术不正破坏了他和海鸥的亲密关系。这里借海鸥喻人事。
⑤ 漫叟：元结之自号。
⑥ 引臂：伸臂。

ér zuò jiǔ fǎng fàn fàn rán chù bō tāo ér wǎng lái zhě nǎi
而坐，酒舫泛泛然触波涛而往来者①，乃
zuò gē yǐ zhǎng zhī
作歌以长之②。

shí yú hú sì dòng tíng xià shuǐ yù mǎn jūn shān qīng
石鱼湖，似洞庭，夏水欲满君山青。
shān wéi zūn shuǐ wéi zhǎo jiǔ tú lì lì zuò zhōu dǎo
山为樽，水为沼，酒徒历历坐洲岛③。
cháng fēng lián rì zuò dà làng bù néng fèi rén yùn jiǔ fǎng
长风连日作大浪，不能废人运酒舫④。
wǒ chí cháng piáo zuò bā qiū zhuó yǐn sì zuò yǐ sàn chóu
我持长瓢坐巴丘，酌饮四坐以散愁⑤。

---

① “意疑”三句：这时我简直以为我身倚巴丘而举杯饮酒却在君山上边；又好像我的客人们都围绕洞庭湖坐着，载酒的船漂漂荡荡地冲开波涛，一来一往。巴丘：山名，在湖南岳阳县洞庭湖边。君山：山名，在洞庭湖中。

② 长：助兴之意。

③ 历历：分明可数。

④ 废：阻挡，阻止。酒舫：供客人饮酒游乐的船。

⑤ 酌饮：此指饮酒。四坐：指四周座位上的人。

饮湖上初晴后雨二首①

［宋］苏轼

其一

zhāo xī yíng kè yàn chóng gāng wǎn yǔ liú rén rù zuì xiāng
朝曦迎客艳重冈②，晚雨留人入醉乡。
cǐ yì zì jiā jūn bú huì yì bēi dāng shǔ shuǐ xiān wáng
此意自佳君不会，一杯当属水仙王③。

其二

shuǐ guāng liàn yàn qíng fāng hǎo shān sè kōng méng yǔ yì qí
水光潋滟晴方好④，山色空蒙雨亦奇⑤。
yù bǎ xī hú bǐ xī zǐ dàn zhuāng nóng mǒ zǒng xiāng yí
欲把西湖比西子⑥，淡妆浓抹总相宜⑦。

① 饮湖上：在西湖的船上饮酒。
② 朝曦：早晨的阳光。
③ 水仙王：宋代西湖旁有水仙王庙，祭祀钱塘龙君，故称钱塘龙君为水仙王。
④ 潋滟：水波荡漾、波光闪动的样子。方好：正好。
⑤ 空蒙：细雨迷蒙的样子。
⑥ 西子：即西施，春秋时期越国著名的美女。
⑦ 总相宜：总是很合适，十分自然。

六月二十七日望湖楼醉书[1]（其一）

［宋］苏轼

hēi yún fān mò wèi zhē shān, bái yǔ tiào zhū luàn rù chuán.
黑云翻墨未遮山，白雨跳珠乱入船。
juǎn dì fēng lái hū chuī sàn, wàng hú lóu xià shuǐ rú tiān[2].
卷地风来忽吹散，望湖楼下水如天[2]。

晓出净慈寺送林子方

［宋］杨万里

bì jìng xī hú liù yuè zhōng, fēng guāng bù yǔ sì shí tóng.
毕竟西湖六月中，风光不与四时同。
jiē tiān lián yè wú qióng bì, yìng rì hé huā bié yàng hóng.
接天莲叶无穷碧，映日荷花别样红。

---

① 六月二十七日：指宋神宗熙宁五年（1072 年）六月二十七日。望湖楼：古建筑名，位于杭州西湖畔，五代时吴越王钱弘俶所建。醉书：醉后写下的作品。
② 水如天：形容湖面像天空一般开阔而且平静。

小池

[宋] 杨万里

quán yǎn wú shēng xī xì liú，shù yīn zhào shuǐ ài qíng róu。
泉眼无声惜细流，树阴照水爱晴柔。

xiǎo hé cái lù jiān jiān jiǎo，zǎo yǒu qīng tíng lì shàng tóu。
小荷才露尖尖角，早有蜻蜓立上头。

望海潮

[宋] 柳永

dōng nán xíng shèng，sān wú dū huì，qián táng zì gǔ fán
东南形胜，三吴都会①，钱塘自古繁

huá。yān liǔ huà qiáo，fēng lián cuì mù，cēn cī shí wàn rén
华②。烟柳画桥，风帘翠幕，参差十万人

jiā。yún shù rào dī shā，nù tāo juǎn shuāng xuě，tiān qiàn
家③。云树绕堤沙④，怒涛卷霜雪，天堑

wú yá。shì liè zhū jī，hù yíng luó qǐ，jìng háo shē。
无涯。市列珠玑，户盈罗绮，竞豪奢。

---

① 三吴：指今江苏南部和浙江的部分地区。
② 钱塘：今浙江杭州，古时候吴国的一个郡。
③ 参差：大约。
④ 云树：树木如云，言其多。

chóng hú dié yǎn qīng jiā yǒu sān qiū guì zǐ shí
重湖叠巘清嘉①，有三秋桂子②，十
lǐ hé huā qiāng guǎn nòng qíng líng gē fàn yè xī xī diào
里荷花。羌管弄晴③，菱歌泛夜，嬉嬉钓
sǒu lián wá qiān jì yōng gāo yá chéng zuì tīng xiāo gǔ yín
叟莲娃。千骑拥高牙④，乘醉听箫鼓，吟
shǎng yān xiá yì rì tú jiāng hǎo jǐng guī qù fèng chí kuā
赏烟霞。异日图将好景，归去凤池夸⑤。

爱莲说

［宋］周敦颐

shuǐ lù cǎo mù zhī huā kě ài zhě shèn fán jìn táo yuān
水陆草木之花，可爱者甚蕃⑥。晋陶渊
míng dú ài jú zì lǐ táng lái shì rén shèn ài mǔ dān yú
明独爱菊。自李唐来，世人甚爱牡丹。予
dú ài lián zhī chū yū ní ér bù rǎn zhuó qīng lián ér bù yāo
独爱莲之出淤泥而不染，濯清涟而不妖⑦，
zhōng tōng wài zhí bú màn bù zhī xiāng yuǎn yì qīng tíng tíng jìng
中通外直，不蔓不枝，香远益清⑧，亭亭净

① 重湖：以白堤为界，西湖分为里湖和外湖，所以也叫重湖。巘：大山上之小山。
② 三秋：指秋季第三月，即农历九月。
③ 羌管：羌笛。
④ 高牙：高矗的牙旗，高官出行时的仪仗旗帜。牙旗：将军之旌，竿上以象牙饰之。
⑤ 凤池：凤凰池，原指皇宫禁苑中的池沼。此处指朝廷。
⑥ 蕃：繁多。
⑦ 濯：洗涤。清涟：这里指清水。
⑧ 益：更加。

植①，可远观而不可亵玩焉②。

予谓菊③，花之隐逸者也；牡丹，花之富贵者也；莲，花之君子者也。噫！菊之爱，陶后鲜有闻④。莲之爱，同予者何人？牡丹之爱，宜乎众矣⑤！

与朱元思书⑥

［南朝梁］吴均

风烟俱净，天山共色⑦。从流飘荡，任意东西。自富阳至桐庐一百许里，奇山异水，天下独绝。

---

① 亭亭：耸立的样子。净：洁净。植：立。
② 亵玩：轻慢玩弄。亵：亲近而不庄重。
③ 谓：认为。
④ 陶：陶渊明。鲜：少。
⑤ 宜：应当。
⑥ 书：古代的一种文体。
⑦ 共色：一样的颜色。

水皆缥碧①，千丈见底。游鱼细石，直视无碍。急湍甚箭②，猛浪若奔③。

夹岸高山，皆生寒树，负势竞上④，互相轩邈⑤，争高直指⑥，千百成峰。泉水激石，泠泠作响⑦；好鸟相鸣，嘤嘤成韵⑧。蝉则千转不穷⑨，猿则百叫无绝。鸢飞戾天者⑩，望峰息心⑪；经纶世务者⑫，窥谷忘反。横柯上蔽⑬，在昼犹昏；疏条交映，有时见日。

---

①缥碧：青白色。
②甚箭：比箭还快。
③奔：飞奔的马。
④负势竞上：高山凭依高峻的地势，争着向上。
⑤互相轩邈：高山仿佛都在争着往高处和远处伸展。
⑥直指：笔直地向上，直插云天。
⑦泠泠：拟声词，形容水声的清越。
⑧嘤嘤：鸟鸣声。
⑨转：通“啭”，指鸟鸣声。这里指蝉鸣。
⑩鸢飞戾天：老鹰高飞入天，这里比喻追求名利、极力攀高的人。
⑪息：平息。
⑫经纶世务者：治理社会事务的人。
⑬柯：树木的枝干。

秋

闲赏篇·秋

《明文精选》

金风瑟瑟，红叶萧萧，孤燕排云，寒虫泣露①，良用凄切。可爱者：云剑长空，水澄远浦②，一片冷轮③，皎皎碧落间④，令人爽然。南楼清啸，东篱畅饮，亦幽人行乐时也。

银蟾皎洁，玉露凄清，四顾人寰⑤，万里一碧。携一二良朋，斗酒淋漓，彩毫纵横⑥，仰问嫦娥："悔偷灵药否？"安得青鸾一只跨之⑦，凭虚远游，直入万顷琉璃中也⑧。

---

① 寒虫：寒天的昆虫。多指蟋蟀。泣露：如泪珠的露水。
② 澄：水清澈平静。浦：指池、塘、江河等水面。
③ 冷轮：冷月。
④ 碧落：碧天。
⑤ 人寰：广大的地域。
⑥ 彩毫：画笔，也指华美的文笔。
⑦ 青鸾：古代传说中凤凰一类的神鸟。
⑧ 琉璃：佛教修养的最高境界是"形神如琉璃"。

蒹葭

《诗经·秦风》

jiān jiā cāng cāng，bái lù wéi shuāng。
蒹葭苍苍①，白露为霜。
suǒ wèi yī rén，zài shuǐ yì fāng。
所谓伊人②，在水一方。
sù huí cóng zhī，dào zǔ qiě cháng。
溯洄从之③，道阻且长。
sù yóu cóng zhī，wǎn zài shuǐ zhōng yāng。
溯游从之④，宛在水中央。
jiān jiā qī qī，bái lù wèi xī。
蒹葭萋萋，白露未晞⑤。
suǒ wèi yī rén，zài shuǐ zhī méi。
所谓伊人，在水之湄⑥。
sù huí cóng zhī，dào zǔ qiě jī。
溯洄从之，道阻且跻⑦。
sù yóu cóng zhī，wǎn zài shuǐ zhōng chí。
溯游从之，宛在水中坻⑧。
jiān jiā cǎi cǎi，bái lù wèi yǐ。
蒹葭采采，白露未已。

---

①蒹：荻草。葭：芦苇。苍苍：和下文的“萋萋”和“采采”，都指茂盛的样子。
②所谓：所念。伊人：那人。指诗人所思念追寻的人。
③溯洄从之：逆着河流向上寻找她。
④溯游从之：顺着河流向下寻找她。
⑤晞：干。
⑥湄：水边。
⑦跻：（路）高而陡。
⑧坻：水中的小洲或高地。

suǒ wèi yī rén zài shuǐ zhī sì
所谓伊人，在水之涘①。

sù huí cóng zhī dào zǔ qiě yòu
溯洄从之，道阻且右②。

sù yóu cóng zhī wǎn zài shuǐ zhōng zhǐ
溯游从之，宛在水中沚。

秋水（节选）

《庄子》

qiū shuǐ shí zhì bǎi chuān guàn hé jīng liú zhī dà
秋水时至，百川灌河。泾流之大③，

liǎng sì zhǔ yá zhī jiān bú biàn niú mǎ yú shì yān hé
两涘渚崖之间④，不辩牛马。于是焉，河

bó xīn rán zì xǐ yǐ tiān xià zhī měi wéi jìn zài jǐ shùn
伯欣然自喜，以天下之美为尽在己。顺

liú ér dōng xíng zhì yú běi hǎi dōng miàn ér shì bú jiàn
流而东行，至于北海，东面而视，不见

shuǐ duān yú shì yān hé bó shǐ xuán qí miàn mù wàng yáng
水端。于是焉，河伯始旋其面目⑤，望洋

xiàng ruò ér tàn yuē yě yǔ yǒu zhī yuē wén dào bǎi
向若而叹曰⑥：“野语有之曰：‘闻道百，

①涘：水边。
②右：（道路）弯曲、迂回。
③泾流：水流。
④涘：水边，河岸。渚崖：水中小洲边。
⑤旋：转。
⑥若：海神的名字。

yǐ wéi mò jǐ ruò zhě wǒ zhī wèi yě qiě fú wǒ cháng
以为莫己若’者①，我之谓也。且夫我尝
wén shǎo zhòng ní zhī wén ér qīng bó yí zhī yì zhě shǐ wú
闻少仲尼之闻，而轻伯夷之义者②，始吾
fú xìn jīn wǒ dǔ zǐ zhī nàn qióng yě wú fēi zhì yú zǐ
弗信；今我睹子之难穷也，吾非至于子
zhī mén zé dài yǐ wú cháng jiàn xiào yú dà fāng zhī jiā
之门则殆矣，吾长见笑于大方之家③。”

子夜吴歌·秋歌

［唐］李白

cháng ān yí piàn yuè wàn hù dǎo yī shēng
长安一片月，万户捣衣声。
qiū fēng chuī bú jìn zǒng shì yù guān qíng
秋风吹不尽，总是玉关情。
hé rì píng hú lǔ liáng rén bà yuǎn zhēng
何日平胡虏，良人罢远征。

---

① 莫己若：即“莫若己”，不如自己。
② 伯夷：商末孤竹国君的长子，与弟叔齐互让君位，双双逃隐首阳山，是古代清高有操行的典范。
③ 大方之家：懂得大道理的人。

茅屋为秋风所破歌

［唐］杜甫

bā yuè qiū gāo fēng nù háo，juǎn wǒ wū shàng sān chóng máo。
八月秋高风怒号，卷我屋上三重茅。
máo fēi dù jiāng sǎ jiāng jiāo，gāo zhě guà juàn cháng lín shāo，xià
茅飞渡江洒江郊，高者挂罥长林梢①，下
zhě piāo zhuǎn chén táng ào。
者飘转沉塘坳②。

nán cūn qún tóng qī wǒ lǎo wú lì，rěn néng duì miàn wéi
南村群童欺我老无力，忍能对面为
dào zéi。gōng rán bào máo rù zhú qù，chún jiāo kǒu zào hū bù
盗贼。公然抱茅入竹去，唇焦口燥呼不
dé，guī lái yǐ zhàng zì tàn xī。
得，归来倚杖自叹息。

é qǐng fēng dìng yún mò sè，qiū tiān mò mò xiàng hūn hè。
俄顷风定云墨色，秋天漠漠向昏黑。
bù qīn duō nián lěng sì tiě，jiāo ér è wò tà lǐ liè。chuáng
布衾多年冷似铁，娇儿恶卧踏里裂③。床
tóu wū lòu wú gān chù，yǔ jiǎo rú má wèi duàn jué。zì jīng
头屋漏无干处，雨脚如麻未断绝。自经
sāng luàn shǎo shuì mián，cháng yè zhān shī hé yóu chè！
丧乱少睡眠，长夜沾湿何由彻④！

ān dé guǎng shà qiān wàn jiān，dà bì tiān xià hán shì jù
安得广厦千万间，大庇天下寒士俱

---

① 挂罥：挂着，挂住。罥：挂。长：高。
② 坳：水边低地。
③ 娇儿恶卧踏里裂：孩子睡相不好，把被里都蹬坏了。
④ 何由彻：如何才能挨到天亮。

huān yán fēng yǔ bú dòng ān rú shān wū hū hé shí yǎn
欢颜①！风雨不动安如山。呜呼！何时眼

qián tū wù xiàn cǐ wū wú lú dú pò shòu dòng sǐ yì zú
前突兀见此屋，吾庐独破受冻死亦足！

秋兴②

［唐］杜甫

其一

yù lù diāo shāng fēng shù lín wū shān wū xiá qì xiāo sēn
玉露凋伤枫树林③，巫山巫峡气萧森。

jiāng jiān bō làng jiān tiān yǒng sài shàng fēng yún jiē dì yīn
江间波浪兼天涌，塞上风云接地阴④。

cóng jú liǎng kāi tā rì lèi gū zhōu yí xì gù yuán xīn
丛菊两开他日泪⑤，孤舟一系故园心。

hán yī chù chù cuī dāo chǐ bái dì chéng gāo jí mù zhēn
寒衣处处催刀尺⑥，白帝城高急暮砧。

---

① 庇：遮盖，掩护。
② 秋兴（xìng）：因感秋而寄兴。
③ 玉露：秋天的霜露，因其白，故以玉喻之。凋伤：使草木凋落衰败。
④ 塞：此指夔州。接地阴：风云盖地。
⑤ 丛菊两开：杜甫此前一年秋天在云安，此年秋天在夔州，从离开成都算起，已历两秋，故云“两开”。“开”字双关，一谓菊花开，又言泪眼开。他日：往日，指多年来的艰难岁月。
⑥ 催刀尺：指赶裁冬衣。

其二

kuí fǔ gū chéng luò rì xiá měi yī běi dǒu wàng jīng huá
夔府孤城落日斜，每依北斗望京华①。
tīng yuán shí xià sān shēng lèi fèng shǐ xū suí bā yuè chá
听猿实下三声泪，奉使虚随八月槎②。
huà shěng xiāng lú wéi fú zhěn shān lóu fěn dié yǐn bēi jiā
画省香炉违伏枕③，山楼粉堞隐悲笳④。
qǐng kān shí shàng téng luó yuè yǐ yìng zhōu qián lú dí huā
请看石上藤萝月⑤，已映洲前芦荻花。

山居秋暝

［唐］王维

kōng shān xīn yǔ hòu tiān qì wǎn lái qiū
空山新雨后，天气晚来秋。
míng yuè sōng jiān zhào qīng quán shí shàng liú
明月松间照，清泉石上流。
zhú xuān guī huàn nǚ lián dòng xià yú zhōu
竹喧归浣女，莲动下渔舟。
suí yì chūn fāng xiē wáng sūn zì kě liú
随意春芳歇，王孙自可留。

① 京华：指长安。
② 槎：木筏。
③ 画省：汉代指尚书省，此处指门下省。
④ 山楼：白帝城楼。粉堞：城上涂成白色的女墙，借指城墙。笳：古代军中号角，其声悲壮。
⑤ 请看：言外兼有时光迅速之感。

天净沙·秋思

［元］马致远

kū téng lǎo shù hūn yā
枯藤老树昏鸦，

xiǎo qiáo liú shuǐ rén jiā
小桥流水人家，

gǔ dào xī fēng shòu mǎ
古道西风瘦马。

xī yáng xī xià
夕阳西下，

duàn cháng rén zài tiān yá
断肠人在天涯。

秋声赋

［宋］欧阳修

ōu yáng zǐ fāng yè dú shū，wén yǒu shēng zì xī nán lái zhě，sǒng rán ér tīng zhī，yuē："yì zāi！"chū xī lì yǐ xiāo sà①，hū bēn téng ér pēng pài，rú bō tāo yè jīng，

欧阳子方夜读书，闻有声自西南来者，悚然而听之，曰："异哉！"初淅沥以萧飒①，忽奔腾而砰湃，如波涛夜惊，

① 初淅沥以萧飒：起初是淅淅沥沥的细雨带着萧飒的风声。

风雨骤至。其触于物也，𬭤𬭤铮铮①，金铁皆鸣；又如赴敌之兵，衔枚疾走②，不闻号令，但闻人马之行声。予谓童子：“此何声也？汝出视之。”童子曰：“星月皎洁，明河在天③，四无人声，声在树间。”

予曰：“噫嘻悲哉！此秋声也，胡为而来哉？盖夫秋之为状也：其色惨淡，烟霏云敛；其容清明，天高日晶；其气栗冽，砭人肌骨；其意萧条，山川寂寥。故其为声也，凄凄切切，呼号愤发。丰草绿缛而争茂，佳木葱茏而可悦；草拂之而色变，木遭之而叶脱。其所以摧败零落者，乃其一气之余烈。

① 𬭤𬭤铮铮：金属相击的声音。
② 衔枚：古时行军或袭击敌军时，让士兵衔枚以防出声。
③ 明河：天河。

夫秋，刑官也[1]，于时为阴；又兵象也，于行为金，是谓天地之义气，常以肃杀而为心。天之于物，春生秋实，故其在乐也。商声主西方之音，夷则为七月之律。商，伤也，物既老而悲伤；夷，戮也，物过盛而当杀。”

“嗟乎！草木无情，有时飘零。人为动物，惟物之灵；百忧感其心，万事劳其形；有动于中，必摇其精。而况思其力之所不及，忧其智之所不能；宜其渥然丹者为槁木，黟然黑者为星星。奈何以非金石之质[2]，欲与草木而争荣？念谁为之戕贼[3]，亦何恨乎秋声！”

① 刑官：执掌刑狱的官。《周礼》把官职与天、地、春、夏、秋、冬相配，称为六官。秋天肃杀万物，所以司寇为秋官，执掌刑法，称刑官。
② 非金石之质：指人体不能像金石那样长久。
③ 戕贼：残害。

tóng zǐ mò duì， chuí tóu ér shuì。 dàn wén sì bì chóng shēng jī jī， rú zhù yú zhī tàn xī。

童子莫对，垂头而睡。但闻四壁虫声唧唧，如助予之叹息。

出塞曲

席慕容

qǐng wèi wǒ chàng yì shǒu chū sài qǔ
请为我唱一首出塞曲

yòng nà yí wàng le de gǔ lǎo yán yǔ
用那遗忘了的古老言语

qǐng yòng měi lì de chàn yīn qīng qīng hū huàn
请用美丽的颤音轻轻呼唤

wǒ xīn zhōng de dà hǎo hé shān
我心中的大好河山

nà zhǐ yǒu cháng chéng wài cái yǒu de jǐng xiàng
那只有长城外才有的景象

shuí shuō chū sài qǔ de diào zi tài bēi liáng
谁说出塞曲的调子太悲凉

rú guǒ nǐ bú ài tīng
如果你不爱听

nà shì yīn wèi
那是因为

gē zhōng méi yǒu nǐ de kě wàng
歌中没有你的渴望

ér wǒ men zǒng shì yào yí chàng zài chàng
而我们总是要一唱再唱

xiàng nà cǎo yuán qiān lǐ shǎn zhe jīn guāng
像那草原千里闪着金光

xiàng nà fēng shā hū xiào guò dà mò
像那风沙呼啸过大漠

xiàng nà huáng hé àn yīn shān páng
像那黄河岸 阴山旁

yīng xióng qí mǎ zhuàng
英雄骑马壮

qí mǎ róng guī gù xiāng
骑马荣归故乡

冬

闲赏篇·冬

《明文精选》

冬虽隆寒逼人，而梅白松青，装点春色；又感六花飞絮①，满地琼瑶。兽炭生红②，蚁酒凝绿③；狐裘貂帽，银烛留宾；在尾兔毫，彩笺觅句，亦佳事也。至如骏马猎平原，孤舟钓浅濑④；豪华寂寞，各自有致。

白雪歌送武判官归京

［唐］岑参

北风卷地白草折，胡天八月即飞雪。

---

① 六花：雪花，冬天的雪花有六个瓣。
② 兽炭：做成兽状的木炭，加有香料，比较名贵。
③ 蚁酒：新酒。新酿制的酒面上浮起的绿色泡沫。
④ 濑：湍急的水流。

hū rú yí yè chūn fēng lái, qiān shù wàn shù lí huā kāi.
忽如一夜春风来，千树万树梨花开。
sàn rù zhū lián shī luó mù, hú qiú bù nuǎn jǐn qīn bó.
散入珠帘湿罗幕，狐裘不暖锦衾薄。
jiāng jūn jiǎo gōng bù dé kòng, dū hù tiě yī lěng nán zhuó.
将军角弓不得控①，都护铁衣冷难着②。
hàn hǎi lán gān bǎi zhàng bīng, chóu yún cǎn dàn wàn lǐ níng.
瀚海阑干百丈冰③，愁云惨淡万里凝。
zhōng jūn zhì jiǔ yǐn guī kè, hú qín pí pá yǔ qiāng dí.
中军置酒饮归客，胡琴琵琶与羌笛。
fēn fēn mù xuě xià yuán mén, fēng chè hóng qí dòng bù fān.
纷纷暮雪下辕门，风掣红旗冻不翻④。
lún tái dōng mén sòng jūn qù, qù shí xuě mǎn tiān shān lù.
轮台东门送君去，去时雪满天山路。
shān huí lù zhuǎn bú jiàn jūn, xuě shàng kōng liú mǎ xíng chù.
山回路转不见君，雪上空留马行处。

走马川行奉送封大夫出师西征⑤

［唐］岑参

jūn bú jiàn
君不见

---

①控：拉开。
②着：穿。
③瀚海：沙漠。阑干：纵横交错的样子。
④掣：拉，扯。
⑤走马川：即车尔臣河，在今新疆境内。行：诗歌的一种体裁。封大夫：即封常清，唐朝将领。

zǒu mǎ chuān xíng xuě hǎi biān, píng shā mǎng mǎng huáng rù tiān。
走马川行雪海边，平沙莽莽黄入天。

lún tái jiǔ yuè fēng yè hǒu, yì chuān suì shí dà rú dǒu,
轮台九月风夜吼，一川碎石大如斗，

suí fēng mǎn dì shí luàn zǒu。
随风满地石乱走。

xiōng nú cǎo huáng mǎ zhèng féi, jīn shān xī jiàn yān chén fēi ①,
匈奴草黄马正肥，金山西见烟尘飞①，

hàn jiā dà jiàng xī chū shī。
汉家大将西出师。

jiāng jūn jīn jiǎ yè bù tuō, bàn yè jūn xíng gē xiāng bō ②,
将军金甲夜不脱，半夜军行戈相拨②，

fēng tóu rú dāo miàn rú gē。
风头如刀面如割。

mǎ máo dài xuě hàn qì zhēng, wǔ huā lián qián xuán zuò bīng ③,
马毛带雪汗气蒸，五花连钱旋作冰③，

mù zhōng cǎo xí yàn shuǐ níng ④。
幕中草檄砚水凝④。

lǔ jì wén zhī yīng dǎn shè, liào zhī duǎn bīng bù gǎn jiē,
虏骑闻之应胆慑，料知短兵不敢接，

jū shī xī mén zhù xiàn jié ⑤。
车师西门伫献捷⑤。

---

① 金山：即阿尔泰山。
② 戈相拨：兵器互相撞击。
③ 五花：五花马。连钱：良马名。
④ 草檄：起草讨伐敌军的文书。
⑤ 伫：久立，此指等待。献捷：献上贺捷诗章。

问刘十九[1]

［唐］白居易

lù yǐ xīn pēi jiǔ hóng ní xiǎo huǒ lú
绿蚁新醅酒[2]，红泥小火炉。
wǎn lái tiān yù xuě néng yǐn yì bēi wú
晚来天欲雪，能饮一杯无？

卖炭翁

［唐］白居易

mài tàn wēng fá xīn shāo tàn nán shān zhōng
卖炭翁，伐薪烧炭南山中。
mǎn miàn chén huī yān huǒ sè liǎng bìn cāng cāng shí zhǐ hēi
满面尘灰烟火色，两鬓苍苍十指黑。
mài tàn dé qián hé suǒ yíng shēn shàng yī cháng kǒu zhōng shí
卖炭得钱何所营？身上衣裳口中食。
kě lián shēn shàng yī zhèng dān xīn yōu tàn jiàn yuàn tiān hán
可怜身上衣正单，心忧炭贱愿天寒。
yè lái chéng wài yì chǐ xuě xiǎo jià tàn chē niǎn bīng zhé
夜来城外一尺雪，晓驾炭车辗冰辙。

① 刘十九：刘禹锡堂兄刘禹铜，系洛阳一富商，与白居易常有应酬。
② 绿蚁新醅酒：酒是新酿的酒。新酿酒未滤清时，酒面浮起泡沫，色微绿，细如蚁，称为“绿蚁”。

niú kùn rén jī rì yǐ gāo shì nán mén wài ní zhōng xiē
牛困人饥日已高，市南门外泥中歇。
piān piān liǎng jì lái shì shuí huáng yī shǐ zhě bái shān ér
翩翩两骑来是谁？黄衣使者白衫儿。
shǒu bǎ wén shū kǒu chēng chì huí chē chì niú qiān xiàng běi
手把文书口称敕①，回车叱牛牵向北②。
yì chē tàn qiān yú jīn gōng shǐ qū jiāng xī bù dé
一车炭，千余斤，宫使驱将惜不得。
bàn pǐ hóng xiāo yí zhàng líng jì xiàng niú tóu chōng tàn zhí
半匹红绡一丈绫，系向牛头充炭直③。

卜算子·咏梅

［宋］陆游

yì wài duàn qiáo biān jì mò kāi wú zhǔ yǐ shì huáng
驿外断桥边，寂寞开无主。已是黄
hūn dú zì chóu gèng zhuó fēng hé yǔ
昏独自愁，更著风和雨。
wú yì kǔ zhēng chūn yí rèn qún fāng dù líng luò chéng
无意苦争春，一任群芳妒。零落成
ní niǎn zuò chén zhǐ yǒu xiāng rú gù
泥碾作尘，只有香如故。

---

①敕：皇帝的诏令。
②回：调转。叱：吆喝。
③直：同“值”，价钱。

卜算子·咏梅

毛泽东

dú lù yóu yǒng méi cí， fǎn qí yì ér yòng zhī。
读陆游咏梅词，反其意而用之。

fēng yǔ sòng chūn guī， fēi xuě yíng chūn dào。 yǐ shì xuán
风雨送春归，飞雪迎春到。已是悬
yá bǎi zhàng bīng， yóu yǒu huā zhī qiào。
崖百丈冰，犹有花枝俏。
qiào yě bù zhēng chūn， zhǐ bǎ chūn lái bào。 dài dào shān
俏也不争春，只把春来报。待到山
huā làn màn shí， tā zài cóng zhōng xiào。
花烂漫时，她在丛中笑。

闲赏篇·雪

《明文精选》

tiān gōng jiǎn shuǐ， yǔ zhòu piāo huā， pǐn zhī， yǒu sì
天公翦水①，宇宙飘花，品之，有四
měi yān： luò dì wú shēng， jìng yě； zhān yī bù rǎn， jié
美焉：落地无声，静也；沾衣不染，洁

① 翦水：下雪。

也；高下平均①，匀也；洞窗掩映，明也。宜长松修竹，老梅片石；怪石崚嶒②，深林窈窕③；寒江远浦，断岸小桥；古刹层峦④，疏篱幽径；老叟披蓑垂钓，骚人跨蹇寻诗⑤；小酌清谈⑥，高楼长啸；船头茶灶飘烟，座上黛眉把盏⑦；老僧对坐，韵士闲评；披鹤氅⑧，纵步园林；御貂裘，登临山水。如此景况，何必峨嵋千尺？

---

① 高下：高处和低处。
② 崚嶒：高耸突兀。
③ 窈窕：深远，幽深。
④ 古刹：古老的寺庙。层峦：群山。
⑤ 骚人跨蹇寻诗：唐代诗人孟浩然骑着毛驴冒雪寻梅花，以此得到写诗的灵感。蹇：毛驴。
⑥ 小酌：稍微喝点酒。
⑦ 黛眉：青黑色的眉，代指女子。
⑧ 鹤氅：一种像鹤的水鸟的羽毛做成的御寒外衣，是汉服中的一种。

湖心亭看雪

［明］张岱

崇祯五年十二月，余住西湖。大雪三日，湖中人鸟声俱绝。是日更定矣①，余拏一小舟②，拥毳衣炉火③，独往湖心亭看雪。雾凇沆砀④，天与云与山与水，上下一白。湖上影子，惟长堤一痕、湖心亭一点、与余舟一芥⑤，舟中人两三粒而已。

到亭上，有两人铺毡对坐，一童子烧酒炉正沸。见余，大喜曰：“湖中焉得更有此人！”拉余同饮。余强饮三大白而

---

① 更定：初更以后，晚上八点左右。
② 拏：划（船）。
③ 毳衣：用毛皮制成的衣服。
④ 雾凇：水汽凝成的冰花。沆砀：白气弥漫的样子。
⑤ 芥：小草。

bié wèn qí xìng shì shì jīn líng rén kè cǐ jí
别①。问其姓氏，是金陵人，客此②。及
xià chuán zhōu zǐ nán nán yuē mò shuō xiàng gōng chī gèng yǒu
下船，舟子喃喃曰："莫说相公痴，更有
chī sì xiàng gōng zhě
痴似相公者。"

江雪

［唐］柳宗元

qiān shān niǎo fēi jué wàn jìng rén zōng miè
千山鸟飞绝，万径人踪灭。
gū zhōu suō lì wēng dú diào hán jiāng xuě
孤舟蓑笠翁，独钓寒江雪。

沁园春·雪

毛泽东

běi guó fēng guāng qiān lǐ bīng fēng wàn lǐ xuě piāo
北国风光，千里冰封，万里雪飘。

---

① 强：尽力。白：这里指酒杯。
② 客此：在此地客居。

wàng cháng chéng nèi wài wéi yú mǎng mǎng dà hé shàng xià dùn
望长城内外，惟余莽莽；大河上下，顿
shī tāo tāo shān wǔ yín shé yuán chí là xiàng yù yǔ tiān
失滔滔。山舞银蛇，原驰蜡象，欲与天
gōng shì bǐ gāo xū qíng rì kàn hóng zhuāng sù guǒ fèn wài
公试比高。须晴日，看红装素裹，分外
yāo ráo
妖娆。

jiāng shān rú cǐ duō jiāo yǐn wú shù yīng xióng jìng zhé yāo
江山如此多娇，引无数英雄竞折腰。
xī qín huáng hàn wǔ lüè shū wén cǎi táng zōng sòng zǔ shāo
惜秦皇汉武，略输文采；唐宗宋祖，稍
xùn fēng sāo yí dài tiān jiāo chéng jí sī hán zhī shí wān
逊风骚。一代天骄，成吉思汗，只识弯
gōng shè dà diāo jù wǎng yǐ shǔ fēng liú rén wù hái kàn
弓射大雕。俱往矣，数风流人物，还看
jīn zhāo
今朝。

节日诗文

春节

春节的传说

春节，即农历新年，亦为传统意义上的“年节”，是我国传统习俗中最隆重的节日。此节乃一岁之首，古人又称元日、元旦、元正、新春、新正等。而今人称春节，是在采用公历纪元后。古代“春节”与“春季”为同义词。春节历史悠久，由上古时代岁首祈年祭祀演变而来。万物本乎天，人本乎祖，祈年祭祀、敬天法祖，报本反始也。春节的起源蕴含着深邃的文化内涵，在传承发展中承载了丰厚的历史文化底蕴。

春节习俗一方面是庆贺过去的一年，一方面又祈祝新年快乐、五谷丰登、人畜兴旺，多与农事有关。迎龙舞龙是为取悦龙神以求其保佑风调雨顺；舞狮源于震慑糟蹋庄稼、残害人畜之怪兽的传说。随着社会的发展，接神、敬天等活动已逐渐被淘汰，但燃鞭炮、贴春联、挂年画、耍龙灯、舞狮子、拜年贺喜等习俗至今仍广为流行。

相传东海度朔山大桃树下有神荼、郁垒二神，能食百鬼。古人用桃木画二神像，悬挂在门口来驱鬼。五代开始在符上写联语，后来演变成春联。王安石有《元日》诗：“千门万户曈曈日，总把新桃换旧符。”

那你知道春节真实的来历吗？

据传说，古时候有一头叫“年”的怪兽，头长触角，凶猛异常。年兽长期居住于深海，每年只有除夕夜才会爬上岸来，吞食牲畜，伤人性命。因此，村里的人一旦到了除夕夜，几乎全部上山避难，由于山高险峻，年兽上不去。一次，有一位老婆婆因腿脚不方便，没有来得及上山，这时凶猛的年兽来到，张开血口，直扑老婆婆。这时，一位道士突然出来，点燃一串包有红纸的“火药”，直接扔在年兽身上，顿时红火乍现，年兽接触火光后，浑身哆嗦，怪叫一声后逃入海里，再也没了动静。第二天清早（大年初一），人们陆续返回，得知此消息后，家家放鞭炮、点红蜡烛、贴对联，年兽自此再也不敢作怪了。初一大早，人们还要走亲串友道喜问好。随着“年兽”一说越传越广，春节就成了中国民间最隆重的传统节日。

丰年

《诗经·周颂》

fēng nián duō shǔ duō tú　　yì yǒu gāo lǐn
丰年多黍多稌①，亦有高廪②，

wàn yì jí zǐ
万亿及秭③。

wéi jiǔ wéi lǐ　　zhēng bì zǔ bǐ
为酒为醴④，烝畀祖妣⑤，

yǐ qià bǎi lǐ　　jiàng fú kǒng jiē
以洽百礼⑥，降福孔皆⑦。

天保⑧

《诗经·小雅》

tiān bǎo dìng ěr　　yì kǒng zhī gù
天保定尔，亦孔之固⑨。

---

① 黍：小米。稌：稻。
② 廪：藏米仓库。
③ 亿：十万。秭：万亿。言其多。
④ 醴：甜酒。
⑤ 烝：进。畀：给予。祖：男祖先。妣：女祖先。
⑥ 洽：配合。
⑦ 孔：很。皆：普遍。
⑧ 天保：上天保佑。
⑨ 孔之固：很安稳。

bǐ ěr dǎn hòu hé fú bù yǔ
俾尔单厚①，何福不除②？

bǐ ěr duō yì yǐ mò bú shù
俾尔多益，以莫不庶③。

tiān bǎo dìng ěr bǐ ěr jiǎn gǔ
天保定尔，俾尔戬穀④。

qìng wú bù yí shòu tiān bǎi lù
罄无不宜⑤，受天百禄。

jiàng ěr xiá fú wéi rì bù zú
降尔遐福，维日不足。

tiān bǎo dìng ěr yǐ mò bù xīng
天保定尔，以莫不兴。

rú shān rú fù rú gāng rú líng
如山如阜，如冈如陵。

rú chuān zhī fāng zhì yǐ mò bù zēng
如川之方至⑥，以莫不增。

jí juān wéi chì shì yòng xiào xiǎng
吉蠲为饎⑦，是用孝享⑧。

yuè cí zhēng cháng yú gōng xiān wáng
禴祠烝尝⑨，于公先王。

jūn yuē bì ěr wàn shòu wú jiāng
君曰卜尔⑩，万寿无疆。

---

①俾：使。单厚：确实很多。
②除：给予。
③莫不：定然。庶：众多。
④戬：福。穀：禄，善。
⑤罄：尽。
⑥方至：正好奔流而来。
⑦吉蠲：清洁。饎：酒食。
⑧是用：拿来。孝享：献祭。
⑨禴：夏祭。祠：春祭。烝：冬祭。尝：秋祭。
⑩卜：同“畀”，给予。

shén zhī diào yǐ　yí ěr duō fú
神之吊矣①，诒尔多福②。
mín zhī zhì yǐ　rì yòng yǐn shí
民之质矣，日用饮食③。
qún lí bǎi xìng　biàn wéi ěr dé
群黎百姓，遍为尔德。
rú yuè zhī gèng　rú rì zhī shēng
如月之恒，如日之升。
rú nán shān zhī shòu　bù qiān bù bēng
如南山之寿，不骞不崩④。
rú sōng bǎi zhī mào　wú bù ěr huò chéng
如松柏之茂，无不尔或承⑤。

蟋蟀

《诗经·唐风》

xī shuài zài táng　suì yù qí mù
蟋蟀在堂，岁聿其莫⑥。
jīn wǒ bú lè　rì yuè qí chú
今我不乐，日月其除⑦。

---

①吊：至。
②诒：通“遗”，赠给。
③民之质矣，日用饮食：下民质朴，安居乐业。
④骞：亏。崩：毁坏。
⑤承：传下去。
⑥莫：古“暮”字。
⑦除：过去。

wú yǐ tài kāng zhí sī qí jū
无已大康①，职思其居②。
hào lè wú huāng liáng shì jù jù
好乐无荒，良士瞿瞿③。
xī shuài zài táng suì yù qí shì
蟋蟀在堂，岁聿其逝。
jīn wǒ bú lè rì yuè qí mài
今我不乐，日月其迈。
wú yǐ tài kāng zhí sī qí wài
无已大康，职思其外。
hào lè wú huāng liáng shì guì guì
好乐无荒，良士蹶蹶④。
xī shuài zài táng yì chē qí xiū
蟋蟀在堂，役车其休。
jīn wǒ bú lè rì yuè qí tāo
今我不乐，日月其慆。
wú yǐ tài kāng zhí sī qí yōu
无以大康，职思其忧。
hào lè wú huāng liáng shì xiū xiū
好乐无荒，良士休休。

① 大康：过于享乐。
② 职：相当于口语“得”。居：处，指所处职位。
③ 瞿瞿：小心谨慎的样子。
④ 蹶蹶：勤奋状。

次北固山下

［唐］王湾

kè lù qīng shān wài， xíng zhōu lù shuǐ qián。
客路青山外，行舟绿水前。
cháo píng liǎng àn kuò， fēng zhèng yì fān xuán。
潮平两岸阔，风正一帆悬。
hǎi rì shēng cán yè， jiāng chūn rù jiù nián。
海日生残夜，江春入旧年。
xiāng shū hé chù dá？ guī yàn luò yáng biān。
乡书何处达？归雁洛阳边。

元日

［宋］王安石

bào zhú shēng zhōng yí suì chú， chūn fēng sòng nuǎn rù tú sū。
爆竹声中一岁除，春风送暖入屠苏。
qiān mén wàn hù tóng tóng rì， zǒng bǎ xīn táo huàn jiù fú。
千门万户曈曈日，总把新桃换旧符。

元宵节

元宵节的传说

元宵节是我国民间传统节日，正月十五那天，又称正月半、上元节、灯节、元宵、元夕、元夜。宋代始有吃元宵的习俗。元宵习俗有赏花灯、包饺子、闹年鼓、迎厕神、猜灯谜等。元宵即圆子，是用糯米粉做成实心的或带馅的圆子，可带汤吃，也可炒吃、蒸吃。古代习俗在上元夜张灯为戏，所以又称灯节。宋欧阳修《生查子·元夕》:“去年元夜时，花市灯如昼。”

元宵节的形成有一个较长的过程，据一般的资料与民俗传说，正月十五在西汉已经受到重视。汉武帝正月上辛夜在甘泉宫祭祀“太一”的活动，被后人视作正月十五祭祀天神的先声。不过，正月十五元宵节真正作为民俗节日是在汉魏之后。正月十五燃灯的习俗与佛教东传有关。唐朝时，佛教大兴，仕官百姓普遍在正月十五这一天“燃灯供佛”，佛家灯火于是遍布民间。从唐代起，元宵张灯即成为法定之事，并逐渐成为民间习俗。

除赏灯外，各地还有耍龙灯、耍狮子、踩高跷、划旱船、扭秧歌、打太平鼓等传统民俗表演。

最后要说的一个习俗是灯谜，这是古代文人特别喜欢的元宵节特色活动。谜语写在纸条上，然后贴在五光十色的彩灯上。文人尤其偏爱这一活动，是因为这能展现他们的才智。

正月十五夜

［唐］苏味道

huǒ shù yín huā hé，xīng qiáo tiě suǒ kāi。
火树银花合，星桥铁锁开。
àn chén suí mǎ qù，míng yuè zhú rén lái。
暗尘随马去，明月逐人来。
yóu jì jiē nóng lǐ，xíng gē jìn luò méi。
游伎皆秾李，行歌尽落梅。
jīn wú bú jìn yè，yù lòu mò xiāng cuī。
金吾不禁夜，玉漏莫相催。

生查子·元夕

［宋］欧阳修

qù nián yuán yè shí，huā shì dēng rú zhòu。
去年元夜时，花市灯如昼。
yuè shàng liǔ shāo tóu，rén yuē huáng hūn hòu。
月上柳梢头，人约黄昏后。
jīn nián yuán yè shí，yuè yǔ dēng yī jiù。
今年元夜时，月与灯依旧。
bú jiàn qù nián rén，lèi shī chūn shān xiù。
不见去年人，泪湿春衫袖。

青玉案·元夕

［宋］辛弃疾

dōng fēng yè fàng huā qiān shù, gèng chuī luò, xīng rú yǔ
东风夜放花千树，更吹落，星如雨[1]。

bǎo mǎ diāo chē xiāng mǎn lù
宝马雕车香满路[2]。

fèng xiāo shēng dòng, yù hú guāng zhuǎn, yí yè yú lóng wǔ
凤箫声动，玉壶光转[3]，一夜鱼龙舞[4]。

é ér xuě liǔ huáng jīn lǚ, xiào yǔ yíng yíng àn xiāng qù
蛾儿雪柳黄金缕[5]，笑语盈盈暗香去。

zhòng lǐ xún tā qiān bǎi dù, mò rán huí shǒu, nà rén què zài, dēng huǒ lán shān chù
众里寻他千百度，蓦然回首，那人却在，灯火阑珊处[6]。

---

① 花千树：花灯之多如千树开花。
② 宝马雕车：豪华的马车。
③ 玉壶：比喻明月。亦可解释为灯。
④ 鱼龙舞：指舞动鱼形、龙形的彩灯，如鱼龙闹海一样。
⑤ 蛾儿、雪柳、黄金缕：古代妇女头上佩戴的各种装饰品。这里指盛装的妇女。
⑥ 阑珊：零落稀疏的样子。

上元竹枝词

[清] 符曾

guì huā xiāng xiàn guǒ hú táo, jiāng mǐ rú zhū jǐng shuǐ táo。
桂花香馅裹胡桃，江米如珠井水淘。
jiàn shuō mǎ jiā dī fěn hǎo, shì dēng fēng lǐ mài yuán xiāo。
见说马家滴粉好，试灯风里卖元宵。

上巳节

上巳节的传说

上巳节，俗称三月三，是中国民间的传统节日。上古时代以“干支”纪日，三月上旬的第一个巳日，谓之“上巳”。“上巳”一词最早出现在汉初的文献里。《周礼》郑玄注：“岁时祓除，如今三月上巳如水上之类。”魏晋以后，上巳节的节期改为阴历三月初三，故又称“重三”或“三月三”。

上巳节是古代举行“祓除畔浴”活动的重要节日。人们结伴去水边沐浴，在水滨举行祓除不祥的祭礼习俗，称为“祓禊”。此后又增加了祭祀宴饮、曲水流觞、郊外游春等内容。有说法认为上巳节起源于兰汤辟邪的巫术活动，目的是驱除邪气。兰草因其香气袭人的特点，被用作灵物，古人在举行重大祭神仪式前，须先进行斋戒，其中就包括“兰汤沐浴”。当兰汤沐浴成为一种辟邪法术时，这种沐浴活动就必须由专职的女巫组织。三月上巳到河边洗除邪秽的祓禊风俗，从起源上看正与兰汤辟邪术密切相关。另有一种观点认为上巳节起源于先民的生殖崇拜活动。如陶思炎指出，祓禊活动本是男女春日相欢、妇女祈孕的信仰行为，而持兰草或香薰草药沐浴，都是为了唤起“欲”。水是神秘的感生物质，妇人临河不仅洗去冬日的尘垢，同时也盼触水感孕而得子。这种与原始的宗教相关的近水祝殖信仰，当是三月上巳日祓禊风俗的真正来源。

时至今日，三月初三在中国西南地区的一些少数民族地区，仍是一个隆重而盛大的节日。“三月三”节日依旧在壮族、侗族、布依族、瑶族、黎族、畲族、土族等少数民族中流传。最典型的当数壮族，每年三月初三，广西壮族自治区都会放假两天。从云南大理每年三月三日举行的泼水节活动中，依稀还可看到古时上巳节祓禊之俗的影子。吴地也有上巳节遗韵，主要的习俗有祓禊、禊饮和游乐。

溱洧

《诗经·郑风》

溱与洧①，方涣涣兮②。
士与女③，方秉蕑兮④。
女曰观乎？士曰既且⑤。且往观乎？
洧之外，洵訏且乐⑥。
维士与女，伊其相谑⑦，赠之以勺药⑧。
溱与洧，浏其清矣⑨。
士与女，殷其盈矣⑩。
女曰观乎？士曰既且。且往观乎？

① 溱、洧：郑国两条河名。
② 涣涣：河水解冻后奔腾貌。
③ 士与女：此处泛指男男女女。后文"女""士"则特指其中某青年男女。
④ 蕑：一种兰草。
⑤ 既：已经。且：同"徂"，去，往。
⑥ 洵訏：实在宽广。
⑦ 相谑：相互调笑。
⑧ 勺药：即"芍药"，一种香草，与今之木芍药不同。《郑笺》："其别则送女以勺药，结恩情也。"
⑨ 浏：水深而清之状。
⑩ 殷：众多。盈：满。

wěi zhī wài xún xū qiě lè
洧之外，洵訏且乐。

wéi shì yǔ nǚ yī qí jiāng xuè zèng zhī yǐ sháo yào
维士与女，伊其将谑，赠之以勺药。

子衿

《诗经·郑风》

qīng qīng zǐ jīn yōu yōu wǒ xīn
青青子衿①，悠悠我心②。

zòng wǒ bù wǎng zǐ nìng bú sì yīn
纵我不往，子宁不嗣音③？

qīng qīng zǐ pèi yōu yōu wǒ sī
青青子佩④，悠悠我思。

zòng wǒ bù wǎng zǐ nìng bù lái
纵我不往，子宁不来？

tāo xī tà xī zài chéng què xī
挑兮达兮⑤，在城阙兮⑥。

yí rì bú jiàn rú sān yuè xī
一日不见，如三月兮。

---

①青青：青黑色。衿：衣领。
②悠悠：思绪绵长的样子。
③宁：为何。嗣：续。
④佩：佩玉的带子。
⑤挑、达：独自来回地走着的样子。
⑥城阙：城门楼。

静女

《诗经·邶风》

jìng nǚ qí shū　　sì wǒ yú chéng yú
静女其姝①，俟我于城隅②。

ài ér bú xiàn　　sāo shǒu chí chú
爱而不见③，搔首踟蹰④。

jìng nǚ qí luán　　yí wǒ tóng guǎn
静女其娈，贻我彤管⑤。

tóng guǎn yǒu wěi　　yuè yì rǔ měi
彤管有炜⑥，说怿女美⑦。

zì mù kuì tí　　xún měi qiě yì
自牧归荑⑧，洵美且异⑨。

fēi rǔ zhī wéi měi　　měi rén zhī yí
匪女之为美，美人之贻。

① 姝：和下文的“娈”，都是美丽、美好的意思。
② 城隅：城上的角楼。
③ 爱：躲避。
④ 踟蹰：徘徊。
⑤ 彤管：红管的笔。
⑥ 有炜：即炜炜，红而发亮。
⑦ 说怿：喜爱。
⑧ 牧：郊外。归：通“馈”，赠送。荑：初生的白茅。
⑨ 洵：确实。

兰亭集序[1]

［晋］王羲之

永和九年，岁在癸丑，暮春之初，会于会稽山阴之兰亭，修禊事也[2]。群贤毕至，少长咸集。此地有崇山峻岭，茂林修竹；又有清流激湍，映带左右，引以为流觞曲水[3]，列坐其次[4]。虽无丝竹管弦之盛，一觞一咏，亦足以畅叙幽情。

是日也，天朗气清，惠风和畅。仰观宇宙之大，俯察品类之盛[5]，所以游目

---

① 王羲之的《兰亭集序》被誉为“天下第一行书”。

② 修禊事也：进行祓禊之事。祓禊：阴历三月上旬的巳日，人们群聚于水滨嬉戏洗濯，以驱除不祥和求福。这是古人的一种游春活动。

③ 流觞曲水：用漆制的酒杯盛酒，放入弯曲的水道中任其漂流，杯停止在某人面前，某人就引杯饮酒。这是古人一种劝酒取乐的方式。

④ 次：水边。

⑤ 品类：自然界的万物。

骋怀①，足以极视听之娱，信可乐也。

夫人之相与②，俯仰一世，或取诸怀抱③，悟言一室之内④；或因寄所托⑤，放浪形骸之外⑥。虽趣舍万殊⑦，静躁不同，当其欣于所遇，暂得于己，快然自足，不知老之将至；及其所之既倦，情随事迁，感慨系之矣⑧。向之所欣，俯仰之间，已为陈迹，犹不能不以之兴怀。况修短随化⑨，终期于尽⑩。古人云："死生亦大矣。"岂不痛哉！

---

① 所以：用来。
② 相与：相交往。
③ 俯仰：一俯一仰，表示时间短暂。
④ 悟言：面对面地交谈。
⑤ 因：凭借。
⑥ 放浪：放纵。形骸：身体。
⑦ 万殊：千差万别。
⑧ 系：附，随。
⑨ 修：长。
⑩ 期：至。

měi lǎn xī rén xīng gǎn zhī yóu ruò hé yí qì wèi
每览昔人兴感之由，若合一契[①]，未
cháng bù lín wén jiē dào bù néng yù zhī yú huái gù zhī yì
尝不临文嗟悼，不能喻之于怀。固知一
sǐ shēng wéi xū dàn qí péng shāng wéi wàng zuò hòu zhī shì
死生为虚诞，齐彭殇为妄作[②]。后之视
jīn yì yóu jīn zhī shì xī bēi fú gù liè xù shí rén
今，亦犹今之视昔。悲夫！故列叙时人，
lù qí suǒ shù suī shì shū shì yì suǒ yǐ xīng huái qí
录其所述，虽世殊事异，所以兴怀，其
zhì yī yě hòu zhī lǎn zhě yì jiāng yǒu gǎn yú sī wén
致一也。后之览者，亦将有感于斯文。

丽人行

［唐］杜甫

sān yuè sān rì tiān qì xīn cháng ān shuǐ biān duō lì rén
三月三日天气新[③]，长安水边多丽人。
tài nóng yì yuǎn shū qiě zhēn jī lǐ xì nì gǔ ròu yún
态浓意远淑且真，肌理细腻骨肉匀。
xiù luó yī cháng zhào mù chūn cù jīn kǒng què yín qí lín
绣罗衣裳照暮春，蹙金孔雀银麒麟[④]。

---

①契：符契，分作两半，拿契的人一人一半，两两相合来取信。
②彭殇：长寿与短命。
③三月三日：上巳日，唐代长安仕女多于此日到城南曲江游玩踏青。
④“绣罗”两句：用金银线镶绣着孔雀和麒麟的华丽衣裳与暮春的美丽景色相映生辉。

tóu shàng hé suǒ yǒu? cuì wēi è yè chuí bìn chún
头上何所有？翠微㔩叶垂鬓唇①。

bèi hòu hé suǒ jiàn? zhū yā yāo jié wěn chèn shēn
背后何所见？珠压腰衱稳称身②。

jiù zhōng yún mù jiāo fáng qīn, cì míng dà guó guó yǔ qín
就中云幕椒房亲③，赐名大国虢与秦④。

zǐ tuó zhī fēng chū cuì fǔ, shuǐ jīng zhī pán xíng sù lín
紫驼之峰出翠釜⑤，水精之盘行素鳞⑥。

xī zhù yàn yù jiǔ wèi xià, luán dāo lǚ qiē kōng fēn lún
犀箸厌饫久未下，鸾刀缕切空纷纶⑦。

huáng mén fēi kòng bú dòng chén, yù chú luò yì sòng bā zhēn
黄门飞鞚不动尘，御厨络绎送八珍。

xiāo gǔ āi yín gǎn guǐ shén, bīn cóng zá tà shí yào jīn
箫鼓哀吟感鬼神，宾从杂遝实要津⑧。

hòu lái ān mǎ hé qūn xún, dāng xuān xià mǎ rù jǐn yīn
后来鞍马何逡巡⑨，当轩下马入锦茵。

---

① 翠微：薄薄的翡翠片。㔩叶：一种首饰。
② 珠压：谓珠按其上，使不让风吹起，故下云“稳称身”。腰衱：裙带。
③ 椒房：汉代皇后居室以椒和泥涂壁，后世因此称皇后为椒房，皇后家属为椒房亲。
④ “赐名”句：指天宝七载（748）唐玄宗赐封杨贵妃的大姐为韩国夫人，三姐为虢国夫人，八姐为秦国夫人。
⑤ 紫驼之峰：即驼峰。唐时贵族有道菜，称“驼峰炙”。釜：古代的一种锅。
⑥ 水精：即水晶。行：传送。素鳞：指白鳞鱼。
⑦ 空纷纶：白白忙乱一番，贵人们却吃不下。
⑧ 杂遝：众多杂乱。要津：本指重要渡口，这里喻指杨国忠兄妹的家门，所谓“虢国门前闹如市”。
⑨ 后来鞍马：指杨国忠，却故意不在这里明说。

yáng huā xuě luò fù bái pín qīng niǎo fēi qù xián hóng jīn
杨花雪落覆白蘋①，青鸟飞去衔红巾②。
zhì shǒu kě rè shì jué lún shèn mò jìn qián chéng xiàng chēn
炙手可热势绝伦，慎莫近前丞相嗔③！

① “杨花”句：是隐语，以曲江暮春的自然景色来影射杨国忠与其从妹虢国夫人（嫁裴氏）的暧昧关系，又引北魏胡太后和杨白花私通事，后人有“杨花入水化为浮萍”之说，故以杨花覆蘋影射兄妹苟且乱伦。
② 青鸟：神话中鸟名，西王母使者。后常被用作男女之间的信使。
③ “炙手”二句：言杨氏权倾朝野，气焰灼人，无人能比。丞相：指杨国忠。嗔：发怒。

清明节、寒食节

清明节、寒食节的传说

我国传统的清明节大约始于周代，已有二千五百多年的历史。清明最开始是一个很重要的节气，清明一到，气温升高，正是春耕春种的大好时节，故有“清明前后，种瓜种豆”“植树造林，莫过清明”的农谚。

后来，由于清明与寒食的日子接近，而寒食是民间禁火扫墓的日子，渐渐地，寒食与清明就合二为一了，而寒食既成为清明的别称，也变成清明时节的一个习俗。清明之日不动烟火，只吃凉的食品。

相传春秋战国时代，晋献公的妃子骊姬为了让自己的儿子奚齐继位，就设毒计谋害太子申生，申生被逼自杀。申生的弟弟重耳，为了躲避祸害，流亡出走。在流亡期间，重耳受尽了屈辱。原来跟着他一道出奔的臣子，大多陆陆续续地各奔出路了，只剩下少数几个忠心耿耿的人一直追随着他，其中一人叫介子推。有一次，重耳饿晕了，介子推为了救重耳，从自己腿上割下一块肉，用火烤熟了送给重耳吃。十九年后，重耳回国做了君主，就是春秋五霸之一的晋文公。

晋文公执政后，对那些和他同甘共苦的臣子大加封赏，唯独忘了介子推。有人在晋文公面前为介子推叫屈。晋文公猛然忆起旧事，心中有愧，马上差人去请介子推上朝受赏封官。可是，他差人去了几趟，介子推就是不来，晋文公只好亲自去请。当晋文公来到介子推家时，只见大门紧闭。介子推不愿见他，已经背着老母躲进了绵山(今山西介休县东南)。

晋文公便让他的军队上绵山搜索，没有找到。于是，有人出了个主意说，不如放火烧山，三面点火，留下一方，大火起时介子推会自己走出来的。晋文公乃下令举火烧山，孰料大火烧了三天三夜，大火熄灭后，仍然不见介子推出来。他们上山一看，介子推母子俩抱着一棵烧焦的大柳树已经死了。晋文公对着介子推的尸体哭拜一阵，准备将其安葬了。安葬遗体时发现介子推的脊梁堵着个柳树树洞，洞里好像有什么东西。他掏出一看，原来是片衣襟，上面题了一首血诗：

割肉奉君尽丹心，但愿主公常清明。
柳下作鬼终不见，强似伴君作谏臣。
倘若主公心有我，忆我之时常自省。
臣在九泉心无愧，勤政清明复清明。

晋文公将血书藏入袖中。为哀悼介子推，文公把介子推和他的母亲分别安葬在那棵烧焦的大柳树下，并下令把绵山改为“介山”，在山上建立祠堂，把放火烧山的这一天定为寒食节，晓谕全国，每年这天禁忌烟火，只吃寒食，从此形成了中国古代一个著名的节日“寒食节”。

晋文公走时，伐了一段烧焦的柳木，到宫中做了双木屐，每天望着它叹道：“悲哉足下。”“足下”是古时下级对上级或同辈之间相互尊敬的称呼，据说就是来源于此。在介山，还有“思烟台”遗址。传说文公焚林，有百鸦绕烟而噪，或围在介子推周围，用躯体遮挡烈焰。晋人感其功德，在此筑起一高台，纪念这些义禽。

第二年清明节，晋文公率众臣到绵山下的介庙祭奠介子推，看到山坡上被烧的柳树死而复活。晋文公以为柳树是介子推的化身，便赐柳树为清明柳，要求晋国百姓家家门上挂柳枝，扫墓栽柳，上绵山踏青，抒发思念之情。并令寒食前一日为“炊熟日”。人们那日要做许多蒸饼，称作“子推蒸饼”；也有人家用面粉和枣泥做成燕子状饼（三角馅饼），然后用柳条串起，插在门上，召唤他的灵魂，称作“子推燕”。每年清明节人们不仅在房屋（村后）栽柳，而且青年男女还要上山踏青，头上戴着用柳条编织的柳冠或柳环。当时有民谣说：“清明不戴柳，红颜成皓首。”

此后，寒食、清明成了全国百姓的隆重节日。每逢寒食节，人们不生火做饭，只吃冷食。在北方，老百姓只吃事先做好的冷食如枣饼、麦糕等；在南方，则多吃青团和糯米糖藕。每到清明，人们把柳条编成圈儿戴在头上，把柳条枝插在房前屋后，以示对介子推的怀念。

寒食雨二首[1]

［宋］苏轼

其一

zì wǒ lái huáng zhōu， yǐ guò sān hán shí。
自我来黄州，已过三寒食。
nián nián yù xī chūn， chūn qù bù róng xī。
年年欲惜春，春去不容惜。
jīn nián yòu kǔ yǔ， liǎng yuè qiū xiāo sè。
今年又苦雨，两月秋萧瑟[2]。
wò wén hǎi táng huā， ní wū yān zhī xuě。
卧闻海棠花，泥污燕脂雪[3]。
àn zhōng tōu fù qù， yè bàn zhēn yǒu lì。
暗中偷负去，夜半真有力[4]。
hé shū bìng shào nián， bìng qǐ tóu yǐ bái。
何殊病少年，病起头已白。

其二

chūn jiāng yù rù hù， yǔ shì lái bù yǐ。
春江欲入户，雨势来不已。
xiǎo wū rú yú zhōu， méng méng shuǐ yún lǐ。
小屋如渔舟，濛濛水云里。

---

① 苏轼的《寒食帖》被誉为“天下第三行书”。
② “两月”句：言两月来雨多春寒，萧瑟如秋。
③ 燕脂雪：指海棠花瓣。
④ “暗中”两句：这里用以喻海棠花谢，像是有力者夜半暗中负去。

kōng páo zhǔ hán cài pò zào shāo shī wěi
空庖煮寒菜[1]，破灶烧湿苇。
nǎ zhī shì hán shí dàn jiàn wū xián zhǐ
那知是寒食，但见乌衔纸[2]。
jūn mén shēn jiǔ chóng fén mù zài wàn lǐ
君门深九重，坟墓在万里[3]。
yě nǐ kū tú qióng sǐ huī chuī bù qǐ
也拟哭途穷[4]，死灰吹不起。

寒食[5]

［唐］韩翃

chūn chéng wú chù bù fēi huā hán shí dōng fēng yù liǔ xiá
春城无处不飞花[6]，寒食东风御柳斜。
rì mù hàn gōng chuán là zhú qīng yān sàn rù wǔ hóu jiā
日暮汉宫传蜡烛[7]，轻烟散入五侯家[8]。

---

① 庖：厨房。寒菜：原特指冬季之菜，此系泛指。
② “那知”二句：是说见乌衔纸才知道今天是寒食节日。
③ “坟墓”句：谓诗人祖坟在四川眉山，距黄州有万里之遥，欲吊不能。
④ “也拟”句：晋阮籍每走到一条路的尽头，就会感慨地哭起来。这里隐言拟学阮籍途穷之哭。
⑤ 寒食：节名，在清明节前一日或二日。古人每逢这个节日，禁火三天，只吃冷食，所以称寒食。
⑥ 春城：暮春时的长安城。
⑦ 汉宫：这里指唐朝皇宫。传蜡烛：寒食节普天下禁火，但权贵宠臣可得到皇帝恩赐的燃烛。
⑧ 五侯：汉成帝时，王皇后的五个兄弟王谭、王商、王立、王根、王逢时皆为侯，受到特别的恩宠。这里泛指天子近幸之臣。

清明二首

[唐]杜甫

其一

zhāo lái xīn huǒ qǐ xīn yān　hú sè chūn guāng jìng kè chuán
朝来新火起新烟①，湖色春光净客船②。
xiù yǔ xián huā tā zì dé　hóng yán qí zhú wǒ wú yuán
绣羽衔花他自得③，红颜骑竹我无缘④。
hú tóng jié shù hái nán yǒu　chǔ nǚ yāo zhī yì kě lián
胡童结束还难有⑤，楚女腰肢亦可怜⑥。
bú jiàn dìng wáng chéng jiù chù　cháng huái jiǎ fù jǐng yī rán
不见定王城旧处，长怀贾傅井依然⑦。
xū zhān jiāo jǔ wèi hán shí　shí jiè yán jūn mài bǔ qián
虚沾焦举为寒食⑧，实藉严君卖卜钱⑨。
zhōng dǐng shān lín gè tiān xìng　zhuó láo cū fàn rèn wú nián
钟鼎山林各天性⑩，浊醪粗饭任吾年⑪。

---

① 新火：重新点燃炊火。古代有清明前一日禁火寒食，到了清明再重新起火的习俗。
② 客船：诗人所乘之船。
③ 绣羽：美丽的羽毛，指春天丰美的禽鸟。
④ 红颜：儿童。因为儿童大都面容红润。
⑤ 胡童结束：少数民族儿童的服装。难有：偶尔有之。
⑥ 定王：刘发。据史料记载，汉景帝前二年立皇子刘发为长沙定王，都长沙。
⑦ 贾傅：贾谊，因做过长沙王太傅，故称。
⑧ 沾：润泽。
⑨ 严君：即严君平，汉蜀郡人。卜筮于成都，日得百钱足以自养，则闭肆下帘读老庄，扬雄曾从其游。
⑩ 钟鼎：古代祭祀时使用的器具，这里比喻有权势。山林：平民和隐者的居住之地，比喻普通人。
⑪ 任吾年：消磨自己剩余的岁月。

其二

cǐ shēn piāo bó kǔ xī dōng, yòu bì piān kū bàn ěr lóng
此身飘泊苦西东，右臂偏枯半耳聋①。

jì jì xì zhōu shuāng xià lèi, yōu yōu fú zhěn zuǒ shū kōng
寂寂系舟双下泪，悠悠伏枕左书空②。

shí nián cù jū jiāng chú yuǎn, wàn lǐ qiū qiān xí sú tóng
十年蹴踘将雏远③，万里秋千习俗同。

lǚ yàn shàng yún guī zǐ sài, jiā rén zuàn huǒ yòng qīng fēng
旅雁上云归紫塞④，家人钻火用青枫⑤。

qín chéng lóu gé yān huā lǐ, hàn zhǔ shān hé jǐn xiù zhōng
秦城楼阁烟花里，汉主山河锦锈中⑥。

chūn qù chūn lái dòng tíng kuò, bái pín chóu shā bái tóu wēng
春去春来洞庭阔，白蘋愁杀白头翁⑦。

---

① 半耳聋：杜甫晚年左耳失聪。
② 伏枕：卧病。书空：这里是说用手指在空中虚画字形。
③ 十年：杜甫自唐肃宗乾元二年（759）十二月入蜀以来至此凡十年有余。蹴鞠：古代的一种踢球的运动。将雏：携带幼子。
④ 紫塞：泛指北方的关塞。
⑤ 钻火：相传燧人氏教人钻木取火，诗人用此事代指清明重新起火。青枫：楚地的一种树木。与北方用榆柳不同，楚地多枫，所以钻火用青枫。
⑥ 汉主：代指唐代宗。
⑦ 白头翁：诗人自谓。

清明

［唐］杜牧

qīng míng shí jié yǔ fēn fēn， lù shàng xíng rén yù duàn hún。
清明时节雨纷纷，路上行人欲断魂。

jiè wèn jiǔ jiā hé chù yǒu？ mù tóng yáo zhǐ xìng huā cūn。
借问酒家何处有？牧童遥指杏花村。

江城子·乙卯正月二十日夜记梦①

［宋］苏轼

shí nián shēng sǐ liǎng máng máng， bù sī liáng， zì nán wàng。 qiān lǐ gū fén， wú chù huà qī liáng。 zòng shǐ xiāng féng yīng bù shí， chén mǎn miàn， bìn rú shuāng。
十年生死两茫茫②，不思量，自难忘。千里孤坟③，无处话凄凉。纵使相逢应不识，尘满面，鬓如霜。

yè lái yōu mèng hū huán xiāng， xiǎo xuān chuāng， zhèng shū zhuāng。 xiāng gù wú yán， wéi yǒu lèi qiān háng。 liào dé nián nián cháng duàn chù， míng yuè yè， duǎn sōng gāng。
夜来幽梦忽还乡，小轩窗，正梳妆。相顾无言，惟有泪千行。料得年年肠断处，明月夜，短松冈④。

---

① 乙卯：公元 1075 年，即北宋熙宁八年。
② 十年：指结发妻子王弗去世已十年。
③ 千里：王弗葬地四川眉山与苏轼任所山东密州，相隔遥远，故称“千里”。
④ 短松冈：苏轼葬妻之地。

端午节

端午节的传说

端午节在农历五月初五，端午也称端五、端阳。此外，它还有别的叫法，如午日节、重五节、五月节、浴兰节、女儿节、天中节、地腊、诗人节、龙日等。因仲夏登高，顺阳在上，五月是仲夏，它的第一个午日正是登高顺阳好天气之日，故五月初五亦称为“端阳节”。又因出嫁的女儿纷纷回娘家省亲，所以端午节相当于中国的母亲节。故选录《诗经·蓼莪》和《诗经·凯风》两首。端午节是流行于中国及汉字文化圈诸国的传统文化节日。与春节、清明节、中秋节并称为中国汉族的四大传统节日。

端午节最早源于纪念屈原之说。

屈原，生活在战国时代，年轻时就胸怀远大抱负，表现出惊人的才能，得到了楚怀王的信任，官至“左徒”。据司马迁《史记·屈原贾生列传》记载，他内“与王图议国事”，外“接遇宾客，应付诸侯”，是掌管内政、外交的大臣。

战国本是齐、楚、燕、韩、赵、魏、秦七雄争霸的混乱时期，秦国任用商鞅变法后日益强大，常对六国发动进攻。当时只有楚国和齐国能与之抗衡。鉴于当时形势，屈原主张改良内政，对外主张联齐抗秦。但因他的主张侵害了上层统治阶级的利益，遭到了受秦国贿赂的楚怀王宠姬郑袖、上官大夫、令尹子椒的排挤和陷害。糊涂的怀王听信谗言，疏远屈原，把他放逐到汉北，结果楚怀王被秦国骗去当了三年阶下囚，死在异国。

屈原看到这一切，极端气愤。他坚决反对向秦国屈辱投降，结果遭到政敌们更严重的迫害。新即位的楚襄王比他父亲更昏庸，把屈原放逐到比汉北更偏僻的沅、湘流域。他在流放中，写下了忧国忧民的《离骚》《天问》《九歌》等不朽诗篇，影响深远。

屈原在长期的流放跋涉中，精神和生活都受到极大的摧残和打击。一天他正在江畔行吟，遇到一个打鱼的隐者，隐者见他面色憔悴、形容枯槁，就劝他“不要拘泥”“随和一些”，和权贵们同流合污。屈原道：“宁赴湘流葬于江鱼之腹中，安能以皓皓之白，而蒙世俗之尘埃乎？”（意思是：我宁肯跳进江水中去，葬身在鱼肚里，哪能使自己洁白的品质蒙受世俗的灰尘。）

公元前 278 年，秦军攻破楚国都城。屈原眼看国破之难，心如刀割，却又无法施展自己的力量，但始终不忍舍弃自己的祖国，于五月五日，在写下了绝笔作《怀沙》之后，抱石投长江东边的汨罗江而死。他死时大约六十二岁，以自己的生命谱写了一曲壮丽的爱国主义乐章。

传说屈原死后，楚国百姓哀痛异常，纷纷涌到汨罗江边去凭吊屈原。渔夫们划起船只，在江上来回打捞他的身体。有位渔夫拿出为屈原准备的饭团、鸡蛋等食物，“扑通、扑通”地丢进江里，说是让鱼龙虾蟹吃饱了，就不会去咬屈大夫的身体了。人们见后纷纷仿效。一位老医师则拿来一坛雄黄酒倒进江里，说是要药晕蛟龙水兽，以免伤害屈大夫。后来为怕饭团为蛟龙所食，人们想出用楝树叶包饭，外缠彩丝的办法，这就是后来的粽子。

此后，每年的五月初五，就有了龙舟竞渡、吃粽子、喝雄黄酒的风俗，以此来纪念爱国诗人屈原。

赛龙舟

相传古时楚国人因舍不得贤臣屈原投江死去，许多人划船追赶拯救，于是有了赛龙舟的习俗。之后每年五月五日划龙舟以纪念之，借划龙舟驱散江中之鱼，以免鱼吃掉屈原的身体。竞渡之习，盛行于吴、越、楚。其实，“龙舟竞渡”早在战国时代就有了。在急鼓声中划刻成龙形的独木舟，做竞渡游戏，以娱神与乐人，是祭仪中半宗教性、半娱乐性的节目。

吃粽子

公元前 278 年，爱国诗人、楚国大夫屈原，面临亡国之痛，于五月五日，悲愤地怀抱大石自投汨罗江而死，为了不使鱼虾损伤他的躯体，人们纷纷用竹筒装米投入江中。以后，为了表示对屈原的崇敬和怀念，每到这一天，人们便用竹筒装米，投江祭奠，这就是我国最早的粽子——“筒粽”的由来。为什么后来又用艾叶或苇叶、荷叶包粽子呢？《初学记》中有这样的记载：汉代建武年间，长沙人晚间梦见一人，自称是三闾大夫（屈原的官名），对他说：“你们祭祀的东西，都被江中的蛟龙偷去了，以后可用艾叶包住，用五色丝线捆好，蛟龙最怕这两样东西。”于是，人们便以“菰叶裹黍”，做成“角黍”，世代相传。角黍逐渐发展成为我国的端午节食品。

佩香囊

端午节小孩佩香囊，传说有避邪驱瘟之意，实际是用于襟头点缀装饰。香囊内有朱砂、雄黄、香药，其外包以丝布，清香四溢，再以五色丝线弦扣成索，做各种不同形状，结成一串，形形色色，玲珑可爱。

悬艾叶菖蒲

民谚说：“清明插柳，端午插艾。”在端午节，人们把插艾和菖蒲作为节日重要内容。家家都洒扫庭除，以菖蒲、艾条插于门楣，悬于堂中。并用菖蒲、艾叶、榴花、蒜头、龙船花，制成人形或虎形，称为艾人、艾虎；制成花环、佩饰，美丽芬芳，妇人争相佩戴，用以驱瘴。

江上吟①

［唐］李白

mù lán zhī yì shā táng zhōu　yù xiāo jīn guǎn zuò liǎng tóu
木兰之枻沙棠舟②，玉箫金管坐两头③。

měi jiǔ zūn zhōng zhì qiān hú　zài jì suí bō rèn qù liú
美酒樽中置千斛，载妓随波任去留。

xiān rén yǒu dài chéng huáng hè　hǎi kè wú xīn suí bái ōu
仙人有待乘黄鹤，海客无心随白鸥④。

qū píng cí fù xuán rì yuè　chǔ wáng tái xiè kōng shān qiū
屈平辞赋悬日月，楚王台榭空山丘。

xìng hān luò bǐ yáo wǔ yuè　shī chéng xiào ào líng cāng zhōu
兴酣落笔摇五岳，诗成笑傲凌沧洲。

gōng míng fù guì ruò cháng zài　hàn shuǐ yì yīng xī běi liú
功名富贵若长在，汉水亦应西北流⑤。

---

① 江上吟：李白自创之歌行体。
② 木兰：即辛夷，香木名，可造船。枻：同“楫”，舟旁划水的工具，即船桨。沙棠：木名。木兰枻、沙棠舟，形容船和桨的名贵。
③ 玉箫金管：用金玉装饰的箫笛。此处指吹箫笛等乐器的歌妓。
④ 海客：海边的人。《列子·黄帝》：“海上之人有好沤鸟者，每旦之海上，从沤鸟游，沤鸟之至者百住而不止。其父曰：‘吾闻沤鸟皆从汝游，汝取来，吾玩之’。明日之海上，沤鸟舞而不下也。”
⑤ 汉水：汉水向西北倒流，比喻不可能的事情。

临江仙

[宋] 陈与义

gāo yǒng chǔ cí chóu wǔ rì tiān yá jié xù cōng
高咏楚词酬午日①，天涯节序匆

cōng liú huā bú sì wǔ qún hóng wú rén zhī cǐ yì
匆②。榴花不似舞裙红③。无人知此意，

gē bà mǎn lián fēng
歌罢满帘风。

wàn shì yì shēn shāng lǎo yǐ róng kuí níng xiào qiáng dōng
万事一身伤老矣，戎葵凝笑墙东④。

jiǔ bēi shēn qiǎn qù nián tóng shì jiāo qiáo xià shuǐ jīn xī dào
酒杯深浅去年同。试浇桥下水，今夕到

xiāng zhōng
湘中。

游子吟

[唐] 孟郊

cí mǔ shǒu zhōng xiàn yóu zǐ shēn shàng yī
慈母手中线，游子身上衣。

---

① 酬：过，派遣。午日：端午。

② 节序：节令。

③ “榴花”句：言舞裙比石榴更红。这是怀念昔时生平岁月之意。

④ 戎葵：即蜀葵，花开五色，似木槿。

lín xíng mì mì féng, yì kǒng chí chí guī.
临行密密缝，意恐迟迟归。
shuí yán cùn cǎo xīn, bào dé sān chūn huī.
谁言寸草心，报得三春晖[1]。

蓼莪

《诗经·小雅》

lù lù zhě é, fěi é yī hāo.
蓼蓼者莪[2]，匪莪伊蒿[3]。
āi āi fù mǔ, shēng wǒ qú láo.
哀哀父母，生我劬劳[4]。
lù lù zhě é, fěi é yī wèi.
蓼蓼者莪，匪莪伊蔚。
āi āi fù mǔ, shēng wǒ láo cuì.
哀哀父母，生我劳瘁。
píng zhī qìng yǐ, wéi léi zhī chǐ.
瓶之罄矣[5]，维罍之耻[6]。
xiǎn mín zhī shēng, bù rú sǐ zhī jiǔ yǐ.
鲜民之生[7]，不如死之久矣。

① 晖：阳光，比喻母爱。
② 蓼蓼：高大的样子。莪：莪蒿，和下文的“蔚”都是蒿类植物。
③ 匪：同“非”。伊：是。
④ 劬劳：与下章“劳瘁”，皆劳苦之意。
⑤ 瓶：汲水器具。罄：尽，空。
⑥ 罍：盛水器具。
⑦ 鲜民：孤儿。

wú fù hé hù　wú mǔ hé shì
无父何怙①？无母何恃？

chū zé xián xù　rù zé mǐ zhì
出则衔恤②，入则靡至③。

fù xī shēng wǒ　mǔ xī jū wǒ
父兮生我，母兮鞠我④。

fǔ wǒ xù wǒ　zhǎng wǒ yù wǒ
拊我畜我⑤，长我育我，

gù wǒ fù wǒ　chū rù fù wǒ
顾我复我⑥，出入腹我⑦。

yù bào zhī dé　hào tiān wǎng jí
欲报之德，昊天罔极⑧！

nán shān liè liè　piāo fēng bō bō
南山烈烈⑨，飘风发发⑩。

mín mò bù gǔ　wǒ dú hé hài
民莫不穀，我独何害！

nán shān lù lù　piāo fēng fú fú
南山律律，飘风弗弗。

mín mò bù gǔ　wǒ dú bù zú
民莫不穀⑪，我独不卒⑫！

---

①怙：依靠。
②衔恤：含忧。
③靡：无。
④鞠：养育。
⑤拊：通“抚”，抚养。畜：通“慉”，喜爱。
⑥顾：顾念。复：庇护。
⑦腹：抱。
⑧昊天：上天。罔极：无常。
⑨烈烈：与下文“律律”同义，指山高难攀。
⑩飘风：同“飙风”。发发：与下文“弗弗”同义，指寒风呼呼声。
⑪穀：善。
⑫卒：终，指养老送终。

凯风

《诗经·邶风》

kǎi fēng zì nán ① chuī bǐ jí xīn ②
凯风自南①，吹彼棘心②。

jí xīn yāo yāo ③ mǔ shì qú láo ④
棘心夭夭③，母氏劬劳④。

kǎi fēng zì nán chuī bǐ jí xīn ⑤
凯风自南，吹彼棘薪⑤。

mǔ shì shèng shàn wǒ wú lìng rén ⑥
母氏圣善，我无令人⑥。

yuán yǒu hán quán ⑦ zài xùn zhī xià ⑧
爰有寒泉⑦？在浚之下⑧。

yǒu zǐ qī rén mǔ shì láo kǔ
有子七人，母氏劳苦。

xiàn huǎn huáng niǎo ⑨ zài hǎo qí yīn ⑩
睍睆黄鸟⑨，载好其音⑩。

yǒu zǐ qī rén mò wèi mǔ xīn
有子七人，莫慰母心。

---

① 凯风：南风，这里喻母爱。
② 棘心：酸枣树初发的嫩芽，这里喻子女。
③ 夭夭：树木嫩壮貌。
④ 劬劳：劳苦。
⑤ 棘薪：长成可以当柴烧的酸枣树，这里比喻子女已长大。
⑥ 令：善，好。
⑦ 爰：何处，一说发语词，无义。寒泉：卫地水名，冬夏常冷。
⑧ 浚：卫国地名。
⑨ 睍睆：鸟儿宛转的鸣叫声。黄鸟：黄雀。
⑩ 载：传载，载送。

七夕节

七夕节的传说

七夕乞巧，这个节日起源于汉代，《西京杂记》有“汉彩女常以七月七日穿七孔针于开襟楼，人俱习之”的记载，这便是我们于古代文献中所见到的最早的关于乞巧的记载。后来的唐宋诗词中，妇女乞巧也被屡屡提及，唐朝王建有诗说“阑珊星斗缀珠光，七夕宫嫔乞巧忙”。据《开元天宝遗事》载：唐太宗与妃子每逢七夕在清宫夜宴，宫女们各自乞巧。这一习俗在民间也经久不衰，代代延续。

宋元之际，七夕乞巧相当隆重，京城中还设有专卖乞巧物品的市场，世人称为乞巧市。《醉翁谈录》说：“七夕，潘楼前买卖乞巧物。自七月一日，车马嗔咽，至七夕前三日，车马不通行，相次壅遏，不复得出，至夜方散。”在这里，从乞巧市购买乞巧物的盛况，就可以推知当时七夕乞巧节的热闹景象。人们从七月初一就开始置办乞巧物品，乞巧市上车水马龙、人流如潮，到了临近七夕的时日，乞巧市上简直成了人的海洋，车马难行。观其风情，似乎不亚于最盛大的节日——春节。这正说明乞巧节是古人最为喜欢的节日之一。

关于牛郎织女的传说

七夕节始终和牛郎织女的传说相连，这是一个千古流传的美丽爱情故事，是我国四大民间爱情传说之一。

相传在很早以前，南阳城西牛家庄有个聪明、忠厚的小伙子，父母早亡，他只好跟着哥哥嫂子度日，嫂子马氏为人狠毒，经常虐待他，逼他干很多的活。一年秋天，嫂子逼他去放牛，给他九头牛，却让他等有了十头牛时才能回家。牛郎无奈，只好赶着牛出了村。

牛郎独自一人赶着牛进了山。在草深林密的山上，他坐在树下很伤心，不知道何时才能赶着十头牛回家。这时，有位须发皆白的老人出现在他的面前，问他为何伤心。得知他的遭遇后，老人笑着对他说："别难过，在伏牛山里有一头病倒的老牛，你去好好喂养它，等老牛病好以后，你就可以赶着它回家了。"

牛郎翻山越岭，走了很远的路，终于找到了那头有病的老牛。他看到老牛病得厉害，就给老牛割来一捆捆草，一连喂了三天，老牛吃饱了，才抬起头告诉他：他本是天上的灰牛大仙，因触犯天规被贬下凡来，摔坏了腿，无法动弹，他的伤需要用百花的露水洗一个月才能好。牛郎不畏辛苦，细心地照料了老牛一个月。白天他为老牛采花接露水治伤，晚上依偎在老牛身边睡觉。到老牛病好后，牛郎高高兴兴赶着十头牛回了家。

回家后，嫂子对他仍旧不好，曾几次要加害他，都被老牛设法相救。嫂子最后恼羞成怒，把牛郎赶出家门，牛郎只要了那头老牛相随。

一天，天上的织女和诸仙女一起下凡游戏，在河里洗澡。牛郎在老牛的帮助下认识了织女，二人互生情意，后来织女偷偷下凡，来到人间，做了牛郎的妻子。织女还把从天上带来的天蚕分给大家，教大家养蚕，抽丝，织出又光又亮的绸缎。

牛郎和织女结婚后，男耕女织，情深义重。他们生了一男一女两个孩子，一家人生活得很幸福。但是好景不长，这事很快便让天帝知道了，王母娘娘强行把织女带回天上，恩爱夫妻被拆散。

牛郎上天无路。老牛告诉牛郎，在它死后，可以用它的皮做成鞋，穿着就可以上天。牛郎按照老牛的话做了，穿上牛皮做的鞋，拉着自己的儿女，一起腾云驾雾上天去追织女。眼见就要追到了，岂知王母娘娘拔下头上的金簪一挥，一道波涛汹涌的天河就出现了，牛郎和织女被隔在两岸，只能相对哭泣流泪。他们的忠贞爱情感动了喜鹊，千万只喜鹊飞来，搭成鹊桥，让牛郎织女走上鹊桥相会。王母娘娘对此也无奈，只好允许两人在每年七月七日于鹊桥相会。

后来，每到农历七月初七牛郎织女鹊桥相会的日子，姑娘们就会来到花前月下，抬头仰望星空，寻找银河两边的牛郎星和织女星，希望能看到他们一年一度的相会，乞求上天能让自己像织女那样心灵手巧，祈祷自己能有如意称心的美满婚姻，由此形成了七夕节。

迢迢牵牛星

《文选》

tiáo tiáo qiān niú xīng　jiǎo jiǎo hé hàn nǚ
迢迢牵牛星，皎皎河汉女。
xiān xiān zhuó sù shǒu　zhá zhá nòng jī zhù
纤纤擢素手，札札弄机杼。
zhōng rì bù chéng zhāng　qì tì líng rú yǔ
终日不成章，泣涕零如雨。
hé hàn qīng qiě qiǎn　xiāng qù fù jǐ xǔ
河汉清且浅，相去复几许？
yíng yíng yì shuǐ jiàn　mò mò bù dé yǔ
盈盈一水间，脉脉不得语。

秋夕

［唐］杜牧

yín zhú qiū guāng lěng huà píng　qīng luó xiǎo shàn pū liú yíng
银烛秋光冷画屏，轻罗小扇扑流萤。
tiān jiē yè sè liáng rú shuǐ　wò kàn qiān niú zhī nǚ xīng
天阶夜色凉如水，卧看牵牛织女星。

乞巧

［唐］林杰

qī xī jīn xiāo kàn bì xiāo, qiān niú zhī nǚ dù hé qiáo.
七夕今宵看碧霄，牵牛织女渡河桥。
jiā jiā qǐ qiǎo wàng qiū yuè, chuān jìn hóng sī jǐ wàn tiáo.
家家乞巧望秋月，穿尽红丝几万条。

鹊桥仙

［宋］秦观

xiān yún nòng qiǎo, fēi xīng chuán hèn, yín hàn tiáo tiáo àn dù.
纤云弄巧，飞星传恨，银汉迢迢暗度。
jīn fēng yù lù yì xiāng féng, biàn shèng què rén jiān wú shù.
金风玉露一相逢，便胜却人间无数。
róu qíng sì shuǐ, jiā qī rú mèng, rěn gù què qiáo guī lù.
柔情似水，佳期如梦，忍顾鹊桥归路。
liǎng qíng ruò shì jiǔ cháng shí, yòu qǐ zài zhāo zhāo mù mù.
两情若是久长时，又岂在朝朝暮暮。

教师节

鹿鸣

《诗经·小雅》

yōu yōu lù míng shí yě zhī píng
呦呦鹿鸣①，食野之苹②。

wǒ yǒu jiā bīn gǔ sè chuī shēng
我有嘉宾，鼓瑟吹笙。

chuī shēng gǔ huáng chéng kuāng shì jiāng
吹笙鼓簧，承筐是将③。

rén zhī hào wǒ shì wǒ zhōu háng
人之好我，示我周行④。

yōu yōu lù míng shí yě zhī hāo
呦呦鹿鸣，食野之蒿。

wǒ yǒu jiā bīn dé yīn kǒng zhāo
我有嘉宾，德音孔昭⑤。

shì mín bù tiāo jūn zǐ shì zé shì xiào
视民不恌⑥，君子是则是效⑦。

wǒ yǒu zhǐ jiǔ jiā bīn shì yàn yǐ áo
我有旨酒⑧，嘉宾式燕以敖⑨。

yōu yōu lù míng shí yě zhī qín
呦呦鹿鸣，食野之芩。

---

① 呦呦：鹿鸣声。
② 苹：和下文的“蒿”“芩”，都是植物名。
③ 承筐：奉上礼品。将：送，献。
④ 周行：大道，引申为大道理。
⑤ 德音：美好的品德声誉。孔：很。昭：明。
⑥ 视：同“示”，表现。恌：同“佻”，轻薄，不厚道。
⑦ 则、效：效法。
⑧ 旨：甘美。
⑨ 式：语助词。燕：同“宴”。敖：舒畅快乐。

wǒ yǒu jiā bīn， gǔ sè gǔ qín。
我有嘉宾，鼓瑟鼓琴。
gǔ sè gǔ qín， hé lè qiě dān。
鼓瑟鼓琴，和乐且湛①。
wǒ yǒu zhǐ jiǔ， yǐ yàn lè jiā bīn zhī xīn。
我有旨酒，以燕乐嘉宾之心。

无题②

［唐］李商隐

xiāng jiàn shí nán bié yì nán， dōng fēng wú lì bǎi huā cán。
相见时难别亦难，东风无力百花残。
chūn cán dào sǐ sī fāng jìn， là jù chéng huī lèi shǐ gān。
春蚕到死丝方尽，蜡炬成灰泪始干。
xiǎo jìng dàn chóu yún bìn gǎi， yè yín yīng jué yuè guāng hán。
晓镜但愁云鬓改③，夜吟应觉月光寒④。
péng shān cǐ qù wú duō lù， qīng niǎo yīn qín wèi tàn kān。
蓬山此去无多路⑤，青鸟殷勤为探看⑥。

① 湛：尽兴。
② 无题：唐代以来，有的诗人不愿意标出能够表示主题的题目，常用“无题”作诗的标题。
③ 晓镜：早晨梳妆照镜子。云鬓：女子多而美的头发，这里比喻青春年华。
④ 应觉：设想之词。月光寒：指夜渐深。
⑤ 蓬山：蓬莱仙山，代指诗人思念的人的住处。
⑥ 青鸟：神话中为西王母传递音讯的信使。殷勤：情谊恳切深厚。探看：探望。

师说

［唐］韩愈

古之学者必有师。师者，所以传道受业解惑也。人非生而知之者，孰能无惑？惑而不从师，其为惑也，终不解矣。生乎吾前，其闻道也固先乎吾，吾从而师之；生乎吾后，其闻道也亦先乎吾，吾从而师之。吾师道也，夫庸知其年之先后生于吾乎①？是故无贵无贱，无长无少，道之所存，师之所存也。

嗟乎！师道之不传也久矣！欲人之无惑也难矣！古之圣人，其出人也远矣②，犹且从师而问焉；今之众人，其下

① 庸：发语词，难道。
② 出人：超出众人。

圣人也亦远矣[1]，而耻学于师。是故圣益圣，愚益愚。圣人之所以为圣，愚人之所以为愚，其皆出于此乎？爱其子，择师而教之；于其身也，则耻师焉，惑矣。彼童子之师，授之书而习其句读者[2]，非吾所谓传其道解其惑者也。句读之不知，惑之不解，或师焉，或不焉，小学而大遗[3]，吾未见其明也。巫医乐师百工之人，不耻相师。士大夫之族，曰师曰弟子云者，则群聚而笑之。问之，则曰：“彼与彼年相若也[4]，道相似也。位卑则足羞，官盛则近谀[5]。”呜呼！师道之不复可知矣。巫医乐师百工之人，君子不

---

①下：不如。
②句读：文章的断句。
③小学而大遗：学了小的却丢了大的。
④年相若：年岁相近。
⑤谀：谄媚。

齿①，今其智乃反不能及，其可怪也欤！

圣人无常师。孔子师郯子、苌弘、师襄、老聃②。郯子之徒，其贤不及孔子。孔子曰：三人行，则必有我师。是故弟子不必不如师，师不必贤于弟子，闻道有先后，术业有专攻，如是而已。

李氏子蟠，年十七，好古文，六艺经传皆通习之③，不拘于时，学于余。余嘉其能行古道，作《师说》以贻之④。

---

① 不齿：不屑与之同列，即看不起。

② 郯子：春秋时郯国的国君，相传孔子曾向他请教少昊氏时代的官职名称。苌弘：东周敬王时候的大夫，相传孔子曾向他请教古乐。师襄：春秋时鲁国的乐官，名襄，相传孔子曾向他学琴。老聃：老子，姓李名耳，春秋时楚国人，思想家，道家学派创始人，相传孔子曾向他学习周礼。

③ 六艺：指六经，即《诗》《书》《礼》《乐》《易》《春秋》六部儒家经典。《乐》已失传，此为古说。

④ 贻：赠送，赠予。

师友箴

［唐］柳宗元

今之世，为人师者众笑之。举世不师，故道益离；为人友者，不以道而以利，举世无友，故道益弃。呜呼！生于是病矣，歌以为箴。既以儆己，又以诫人。

不师如之何？吾何以成！不友如之何？吾何以增！吾欲从师，可从者谁？借有可从，举世笑之；吾欲取友，谁可取者？借有可取，中道或舍。仲尼不生，牙也久死。二人可作，惧吾不似。中焉可师，耻焉可友，谨是二物，用惕尔后。道苟在焉，佣丐为偶；道之反是，公侯以走。内考诸古，外考诸物，师乎友乎，敬尔毋忽！

学而篇

《论语》

zǐ yuē xué ér shí xí zhī bú yì yuè
1.1 子曰：“学而时习之，不亦说
hū yǒu péng zì yuǎn fāng lái bú yì lè hū rén bù zhī
乎？有朋自远方来，不亦乐乎？人不知
ér bú yùn bú yì jūn zǐ hū
而不愠①，不亦君子乎？”

yǒu zǐ yuē qí wéi rén yě xiào tì ér
1.2 有子曰②：“其为人也孝弟，而
hào fàn shàng zhě xiǎn yǐ bú hào fàn shàng ér hào zuò luàn
好犯上者③，鲜矣④；不好犯上而好作乱
zhě wèi zhī yǒu yě jūn zǐ wù běn běn lì ér dào shēng
者，未之有也。君子务本，本立而道生。
xiào tì yě zhě qí wéi rén zhī běn yú
孝弟也者，其为仁之本与⑤！”

zǐ yuē qiǎo yán lìng sè xiǎn yǐ rén
1.3 子曰：“巧言令色⑥，鲜矣仁！”

zēng zǐ yuē wú rì sān xǐng wú shēn wèi rén
1.4 曾子曰：“吾日三省吾身⑦：为人

① 愠：生气，怨恨。
② 有子：孔子的学生有若。
③ 犯：冒犯。上：在上位的人。
④ 鲜：少。
⑤ 与：语气词。
⑥ 巧言：花言巧语。令色：伪善的面貌。
⑦ 日：每天。三省：多次反复。

谋而不忠乎？与朋友交而不信乎①？传不习乎②？”

1.5 子曰：“道千乘之国③，敬事而信，节用而爱人，使民以时④。”

1.6 子曰：“弟子入则孝，出则悌，谨而信，泛爱众，而亲仁。行有余力，则以学文。”

1.7 子夏曰⑤：“贤贤易色⑥；事父母，能竭其力；事君，能致其身⑦；与朋友交，言而有信。虽曰未学，吾必谓之学矣。”

1.8 子曰：“君子不重则不威，学则

① 信：真诚，诚实。
② 传：老师传授的知识。
③ 道：治理。乘：四匹马拉的兵车。在孔子时代，千乘之国已经不是大国。
④ 使：役使。时：农时。
⑤ 子夏：孔子的学生卜商，字子夏。
⑥ 贤贤：尊重贤者。易色：不重容貌。
⑦ 致其身：献出生命。

不固。主忠信①。无友不如己者②。过，则勿惮改③。”

1.9 曾子曰：“慎终追远④，民德归厚矣。”

1.10 子禽问于子贡曰⑤：“夫子至于是邦也，必闻其政，求之与？抑与之与⑥？”子贡曰：“夫子温、良、恭、俭、让以得之⑦。夫子之求之也，其诸异乎人之求之与？”

1.11 子曰：“父在，观其志；父没⑧，观其行；三年无改于父之道，可谓孝矣。”

① 主忠信：以忠信为主。
② 友：交朋友。
③ 惮：害怕。
④ 慎终：老死为终。慎终者丧尽其哀。远：指祖先。追远者祭尽其敬。
⑤ 子禽：陈亢。子贡：孔子的弟子端木赐。
⑥ 与：主动告诉。
⑦ 温、良、恭、俭、让：温顺、善良、恭敬、俭朴、谦让。
⑧ 没：去世。

1.12 有子曰："礼之用，和为贵①。先王之道斯为美，小大由之。有所不行，知和而和，不以礼节之，亦不可行也。"

1.13 有子曰："信近于义，言可复也②。恭近于礼，远耻辱也。因不失其亲③，亦可宗也④。"

1.14 子曰："君子食无求饱，居无求安，敏于事而慎于言，就有道而正焉⑤，可谓好学也已。"

1.15 子贡曰："贫而无谄，富而无骄，何如？"子曰："可也。未若贫而乐，富而好礼者也。"子贡曰："《诗》

---

① 和：恰当，适当。
② 复：实践诺言。
③ 因：依靠、凭借。
④ 宗：可靠。
⑤ 就：靠近。有道：有道德的人。正：匡正。

云：‘如切如磋①，如琢如磨’，其斯之谓与？”子曰：“赐也，始可与言《诗》已矣。告诸往而知来者②。”

1.16 子曰：“不患人之不己知③，患不知人也。”

学记

《礼记》

发虑宪，求善良，足以謏闻，不足以动众；就贤体远，足以动众，未足以化民。君子如欲化民成俗，其必由学乎！

玉不琢，不成器；人不学，不知道。

---

① 如切如磋：制作骨器、玉器等的加工过程，有精益求精之意。
② 往：过去的事情。来：未来的事情。
③ 不己知：倒装句，即“不知己”。

是故古之王者建国君民，教学为先。《兑命》曰："念终始典于学。"其此之谓乎！

虽有佳肴，弗食，不知其旨也；虽有至道，弗学，不知其善也。是故学然后知不足，教然后知困。知不足然后能自反也，知困然后能自强也。故曰：教学相长也。《兑命》曰："学学半。"其此之谓乎！

古之教者，家有塾，党有庠，术有序，国有学。比年入学，中年考校。一年视离经辨志；三年视敬业乐群；五年视博习亲师；七年视论学取友，谓之小成；九年知类通达，强立而不反，谓之大成。夫然后足以化民易俗，近者说服而远者怀之，此大学之道也。《记》曰：

“蛾子时术之。”其此之谓乎！

大学始教，皮弁祭菜，示敬道也。《宵雅》肄三，官其始也。入学鼓箧，孙其业也。夏楚二物，收其威也。未卜禘不视学，游其志也。时观而弗语，存其心也。幼者听而弗问，学不躐等也。此七者，教之大伦也。《记》曰：“凡学，官先事，士先志。”其此之谓乎！

大学之教也，时教必有正业，退息必有居学。不学操缦，不能安弦；不学博依，不能安诗；不学杂服，不能安礼。不兴其艺，不能乐学。故君子之于学也，藏焉，修焉，息焉，游焉。夫然，故安其学而亲其师，乐其友而信其道，是以虽离师辅而不反也。《兑命》曰：“敬孙务时敏，厥修乃来。”其此之谓乎！

今之教者，呻其占毕，多其讯言，及于数进，而不顾其安，使人不由其诚，教人不尽其材。其施之也悖，其求之也佛。夫然，故隐其学而疾其师，苦其难而不知其益也。虽终其业，其去之必速。教之不刑，其此之由乎！

大学之法：禁于未发之谓豫；当其可之谓时；不陵节而施之谓孙；相观而善之谓摩。此四者，教之所由兴也。

发然后禁，则扞格而不胜；时过然后学，则勤苦而难成；杂施而不孙，则坏乱而不修；独学而无友，则孤陋而寡闻；燕朋逆其师，燕辟废其学。此六者，教之所由废也。

君子既知教之所由兴，又知教之所由废，然后可以为人师也。故君子之教，喻也。道而弗牵，强而弗抑，开而弗达。道而弗牵则和，强而弗抑则易，开而弗达则思。和易以思，可谓善喻矣。

学者有四失，教者必知之。人之学也，或失则多，或失则寡，或失则易，或失则止。此四者，心之莫同也。知其心，然后能救其失也。教也者，长善而救其失者也。

善歌者使人继其声；善教者使人继其志。其言也约而达，微而臧，罕譬而喻，可谓继志矣。

君子知至学之难易而知其美恶，然后能博喻，能博喻然后能为师，能为师然后能为长，能为长然后能为君。故师也者，所以学为君也，是故择师不可不慎也。《记》曰：“三王四代唯其师。”其此之谓乎！

凡学之道：严师为难。师严然后道尊，道尊然后民知敬学。是故君之所以不臣于其臣者二：当其为尸则弗臣也；当其为师则弗臣也。大学之礼，虽诏于天子无北面，所以尊师也。

善学者，师逸而功倍，又从而庸之。不善学者，师勤而功半，又从而怨之。善问者如攻坚木，先其易者，后其节目，及其久也，相说以解。不善问者反此。善待问者如撞钟，叩之以小者则小鸣，叩之以大者则大鸣，待其从容，然后尽其声。不善答问者反此。此皆进学之道也。

记问之学，不足以为人师，必也听语乎！力不能问，然后语之，语之而不知，虽舍之可也。

良冶之子，必学为裘；良弓之子，必学为箕；始驾马者反之，车在马前。君子察于此三者，可以有志于学矣。

古之学者，比物丑类，鼓无当于五声，五声弗得不和；水无当于五色，五色弗得不章；学无当于五官，五官弗得不治；师无当于五服，五服弗得不亲。

君子曰：大德不官，大道不器，大信不约，大时不齐。察于此四者，可以有志于学矣。三王之祭川也，皆先河而后海，或源也，或委也，此之谓务本！

中秋节

中秋节的传说

中秋节，又称月夕、秋节、仲秋节、八月节、八月会、追月节、玩月节、拜月节、女儿节或团圆节，是流行于中国众多民族与汉字文化圈诸国的传统文化节日，时在农历八月十五日。这时是一年秋季的中期，所以被称为中秋。在中国的农历里，一年分为四季，每季又分为孟、仲、季三个部分，因而中秋也称仲秋。八月十五日的月亮比其他几个月的满月更圆，更明亮，所以这天又叫作“月夕”“八月节”。此夜，人们仰望天空如玉如盘的朗朗明月，自然会期盼与家人团聚。远在他乡的游子，也借此寄托自己对故乡和亲人的思念之情。所以，中秋又称“团圆节”。中秋节与端午节、春节、清明节并称为中国四大传统节日。2008 年起中秋节被列为国家法定节假日。2006 年 5 月 20 日，国务院将中秋节列入首批国家级非物质文化遗产名录。

中秋节自古便有祭月、赏月、拜月、吃月饼、赏桂花、饮桂花酒等习俗，流传至今，经久不衰。

祭月、赏月

《礼记》早有“秋暮夕月”的记载，意为拜祭月神。到了周代，每逢中秋夜都要举行迎寒和祭月活动。

中秋赏月的风俗在唐代十分流行，许多诗人的名篇中都有咏月的诗句。到宋代，中秋赏月之风更盛，每逢这一日，“贵家结饰台榭，民间争占酒楼玩月”。明清时宫廷和民间的拜月赏月活动更具规模，中国各地至今遗存着“拜月坛”“拜月亭”“望月楼”等古迹。文人士大夫对赏月更是情有独钟，他们或登楼揽月或泛舟邀月，饮酒赋诗，留下不少脍炙人口的千古绝唱。如杜甫《八月十五夜月》用象征团圆的十五明月反衬自己漂泊异乡的羁旅愁思；宋代文豪苏轼，中秋欢饮达旦，大醉而作《水调歌头》，借月之圆缺喻人之离合。直到今天，一家人围坐在一起，欣赏皓月当空的美景仍是中秋佳节必不可少的活动之一。

观潮

在古代，浙江一带除赏月外，观潮可谓又一中秋盛事。中秋观潮的风俗由来已久，早在汉代枚乘的《七发》赋中就有对它相当详尽的记述。汉以后，中秋观潮之风更盛。明朱廷焕的《增补武林旧事》和宋吴自牧的《梦粱录》也有观潮记载。

猜谜

中秋月圆夜，人们会在公共场所挂满灯笼，然后聚集在一起，猜灯笼身上写的谜语。因为这是大多数年轻男女喜爱的活动，同时在这些活动上也传出爱情佳话，因此中秋猜灯谜也衍生成一种男女相恋的活动。

吃月饼

赏月和吃月饼是中国各地过中秋节的习俗，俗话说："八月十五月正圆，中秋月饼香又甜。"月饼一词，源于南宋吴自牧的《梦粱录》，那时仅是一种点心食品。到后来人们逐渐把赏月与月饼结合在一起，寓意家人团圆，寄托思念。同时，月饼也是中秋时节朋友间用来联络感情的重要礼物。

赏桂花、饮桂花酒

人们经常在中秋时吃月饼、赏桂花，食用桂花制作的各种食品，以糕点、糖果最为多见。

中秋之夜，仰望着月中丹桂，闻着阵阵桂香，喝一杯桂花蜜酒，欢庆合家甜甜蜜蜜，已成为节日一种美的享受。到了现代，人们多是拿红酒代替。

中秋节的习俗很多，形式也各不相同，但都寄托着人们对生活无限的热爱和对美好生活的向往。以月之圆兆人之团圆，寄托思念故乡，思念亲人之情，祈盼丰收、幸福，中秋已成为丰富多彩、弥足珍贵的文化遗产。

望月怀远

［唐］张九龄

hǎi shàng shēng míng yuè, tiān yá gòng cǐ shí.
海上生明月，天涯共此时。
qíng rén yuàn yáo yè, jìng xī qǐ xiāng sī.
情人怨遥夜，竟夕起相思。
miè zhú lián guāng mǎn, pī yī jué lù zī.
灭烛怜光满，披衣觉露滋。
bù kān yíng shǒu zèng, huán qǐn mèng jiā qī.
不堪盈手赠，还寝梦佳期。

月夜忆舍弟

［唐］杜甫

shù gǔ duàn rén xíng, biān qiū yí yàn shēng.
戍鼓断人行，边秋一雁声。
lù cóng jīn yè bái, yuè shì gù xiāng míng.
露从今夜白，月是故乡明。
yǒu dì jiē fēn sàn, wú jiā wèn sǐ shēng.
有弟皆分散，无家问死生。
jì shū cháng bù dá, kuàng nǎi wèi xiū bīng.
寄书长不达，况乃未休兵。

十五夜望月寄杜郎中

[唐] 王建

zhōng tíng dì bái shù qī yā，lěng lù wú shēng shī guì huā。
中庭地白树栖鸦，冷露无声湿桂花。

jīn yè yuè míng rén jìn wàng，bù zhī qiū sī luò shuí jiā。
今夜月明人尽望，不知秋思落谁家。

水调歌头

[宋] 苏轼

bǐng chén zhōng qiū，huān yǐn dá dàn，dà zuì，zuò cǐ piān，jiān huái zǐ yóu。
丙辰中秋，欢饮达旦，大醉，作此篇，兼怀子由。

míng yuè jǐ shí yǒu？bǎ jiǔ wèn qīng tiān。bù zhī tiān shàng gōng què，jīn xī shì hé nián。wǒ yù chéng fēng guī qù，yòu kǒng qióng lóu yù yǔ，gāo chù bù shēng hán。qǐ wǔ nòng qīng yǐng，hé sì zài rén jiān。
明月几时有？把酒问青天。不知天上宫阙，今夕是何年。我欲乘风归去，又恐琼楼玉宇，高处不胜寒。起舞弄清影，何似在人间。

zhuǎn zhū gé，dī qǐ hù，zhào wú mián。bù yīng yǒu
转朱阁，低绮户，照无眠。不应有

hèn　hé shì cháng xiàng bié shí yuán　rén yǒu bēi huān lí hé
恨，何事长向别时圆？人有悲欢离合，
yuè yǒu yīn qíng yuán quē　cǐ shì gǔ nán quán　dàn yuàn rén cháng
月有阴晴圆缺，此事古难全。但愿人长
jiǔ　qiān lǐ gòng chán juān
久，千里共婵娟。

重阳节

重阳节的传说

重阳节，为每年的农历九月初九，是中国民间的传统节日。《易经》中把“九”定为阳数，“九九”两阳数相重，故曰“重阳”；因日与月皆逢九，故又称为“重九”。九九归真，一元肇始，古人认为九九重阳是吉祥的日子。古时民间在重阳节有登高祈福、秋游赏菊、佩插茱萸、拜神祭祖及饮宴求寿等习俗。传承至今，又添加了敬老等内涵，于重阳之日享宴高会，感恩敬老。登高赏秋与感恩敬老是当今重阳节日活动的两大重要主题。

据现存史料及考证，重阳节的源头，可追溯到上古时代。古时季秋有丰收祭天、祭祀大火星活动。《吕氏春秋·季秋纪》有载，古人在九月农作物丰收之时有祭天帝、祭祖，以谢天帝、祖先恩德的活动。这是重阳节作为秋季丰收祭祀活动而存在的原始形式。重阳节起始于上古，成形于春秋战国，普及于西汉，鼎盛于唐代以后。唐代是传统节日习俗糅合定型的重要时期。重阳祭祖民俗相沿数千年，是具有深刻意义的一个古老民俗。

重阳节在历史发展演变中糅多种民俗为一体，承载了丰富的文化内涵。在民俗观念中，“九”在数字中是最大数，有长久长寿的含意，寄托着人们对老人健康长寿的祝福。1989 年，农历九月初九被定为“敬老节”。2006 年 5 月 20 日，重阳节被国务院列入首批国家级非物质文化遗产名录。

相传在东汉时期，汝河有个瘟魔，只要它一出现，家家就有人病倒，天天有人丧命，这一带的百姓受尽了瘟魔的蹂躏。

一场瘟疫夺走了青年恒景的父母，他自己也因病差点儿丧了命。病愈之后，他辞别了心爱的妻子和父老乡亲，决心出去访仙学艺，为民除掉瘟魔。恒景四处访师寻道，访遍各地的名山高士，终于打听到在东方有一座最古老的山，山上有一个法力无边的仙长。恒景不畏艰险和路途的遥远，在仙鹤指引下，终于找到了那座高山，找到了那个有着神奇法力的仙长，仙长为他的精神所感动，终于收留了恒景，并且教给他降妖剑术，还赠他一把降妖宝剑。恒景废寝忘食地苦练，终于练出一身非凡的武艺。

这一天仙长把恒景叫到跟前说："九月初九，瘟魔又要出来作恶，你本领已经学成，应该回去为民除害了。"仙长送给恒景一包茱萸叶，一盅菊花酒，并且密授避邪用法，让恒景骑着仙鹤赶回家去。

恒景回到家乡，在九月初九的早晨，按仙长的叮嘱把乡亲们领到附近的一座山上，发给每人一片茱萸叶，一盅菊花酒，做好了降魔的准备。中午时分，随着几声怪叫，瘟魔冲出汝河，但是瘟魔刚扑到山下，突然闻到阵阵茱萸奇香和菊花酒气，便戛然止步，脸色突变。这时恒景手持降妖宝剑追下山来，几个回合就把温魔刺死于剑下。从此九月初九登高避疫的风俗年复一年地流传下来。梁人吴均在他的《续齐谐记》一书里有此记载。

后来人们就把重阳节登高的风俗看作免灾避祸的活动。另外，在中原人的传统观念中，双九还是生命长久、健康长寿的意思，所以后来重阳节被立为老人节。

九月九日忆山东兄弟

［唐］王维

dú zài yì xiāng wéi yì kè, měi féng jiā jié bèi sī qīn
独在异乡为异客，每逢佳节倍思亲。

yáo zhī xiōng dì dēng gāo chù, biàn chā zhū yú shǎo yì rén
遥知兄弟登高处，遍插茱萸少一人。

登高①

［唐］杜甫

fēng jí tiān gāo yuán xiào āi, zhǔ qīng shā bái niǎo fēi huái
风急天高猿啸哀，渚清沙白鸟飞回②。

wú biān luò mù xiāo xiāo xià, bú jìn cháng jiāng gǔn gǔn lái
无边落木萧萧下，不尽长江滚滚来。

wàn lǐ bēi qiū cháng zuò kè, bǎi nián duō bìng dú dēng tái
万里悲秋常作客③，百年多病独登台④。

jiān nán kǔ hèn fán shuāng bìn, liáo dǎo xīn tíng zhuó jiǔ bēi
艰难苦恨繁霜鬓⑤，潦倒新停浊酒杯⑥。

---

① 登高：农历九月九日为重阳节，历来有登高的习俗。
② 鸟飞回：鸟在急风中飞舞盘旋。回：回旋。
③ 万里：指远离故乡。常作客：长期漂泊他乡。
④ 百年：犹言一生，这里指晚年。
⑤ 艰难：兼指国运和自身命运。苦恨：极其遗憾。繁霜鬓：增多了白发，如鬓边着霜雪。
⑥ 潦倒：衰颓，失意。这里指衰老多病，志不得伸。新停：刚刚停止。杜甫晚年因肺病戒酒，所以说“新停”。

醉花阴

［宋］李清照

薄雾浓云愁永昼，瑞脑消金兽①。佳节又重阳，玉枕纱厨②，半夜凉初透。

东篱把酒黄昏后，有暗香盈袖③。莫道不销魂，帘卷西风，人比黄花瘦。

采桑子·重阳

毛泽东

人生易老天难老，岁岁重阳。今又重阳，战地黄花分外香。

一年一度秋风劲，不似春光。胜似春光，寥廓江天万里霜。

---

① 瑞脑：一种薰香。消金兽：香炉里香料逐渐燃尽。金兽：兽形的铜香炉。
② 纱厨：即防蚊蝇的纱帐。
③ 暗香：这里指菊花的幽香。盈袖：满袖。

陈情表

［晋］李密

臣密言：臣以险衅①，夙遭闵凶②。生孩六月，慈父见背③；行年四岁，舅夺母志。祖母刘悯臣孤弱，躬亲抚养。臣少多疾病，九岁不行，零丁孤苦，至于成立④。既无伯叔，终鲜兄弟，门衰祚薄⑤，晚有儿息⑥。外无期功强近之亲⑦，内无应门五尺之僮，茕茕孑立⑧，形影相吊⑨。而刘夙婴疾病⑩，常在床蓐⑪，臣

---

① 险衅：灾难与祸患，指命运坎坷。
② 夙：早时。闵凶：忧患凶险。
③ 见背：弃我而死去。
④ 成立：长大成人。
⑤ 祚：福分。
⑥ 儿息：子女。
⑦ 期功强近之亲：指比较亲近的亲戚。古代丧礼制度以亲属关系的亲疏规定服丧时间的长短，服丧一年称“期”，九月称“大功”，五月称“小功”。
⑧ 茕茕孑立：生活孤单无靠。
⑨ 吊：安慰。
⑩ 婴：纠缠。
⑪ 蓐：通“褥”，垫子。

侍汤药，未曾废离①。

逮奉圣朝，沐浴清化。前太守臣逵察臣孝廉，后刺史臣荣举臣秀才。臣以供养无主，辞不赴命。诏书特下，拜臣郎中②，寻蒙国恩③，除臣洗马④。猥以微贱⑤，当侍东宫，非臣陨首所能上报。臣具以表闻，辞不就职。诏书切峻⑥，责臣逋慢⑦。郡县逼迫，催臣上道；州司临门，急于星火。臣欲奉诏奔驰，则刘病日笃；欲苟顺私情⑧，则告诉不许：臣之进退，实为狼狈。

① 废离：废养而远离。
② 郎中：官名。
③ 寻：不久。
④ 除：任命官职。洗马：官名，太子的属官，在宫中服役，掌管图书。
⑤ 猥：辱。自谦之词。
⑥ 切峻：急切严厉。
⑦ 逋慢：回避怠慢。
⑧ 苟顺：姑且迁就。

伏惟圣朝以孝治天下①，凡在故老②，犹蒙矜育③，况臣孤苦，特为尤甚。且臣少仕伪朝④，历职郎署⑤，本图宦达，不矜名节⑥。今臣亡国贱俘，至微至陋，过蒙拔擢，宠命优渥⑦，岂敢盘桓，有所希冀？但以刘日薄西山，气息奄奄，人命危浅，朝不虑夕。臣无祖母，无以至今日；祖母无臣，无以终余年。母、孙二人，更相为命，是以区区不能废远⑧。

臣密今年四十有四，祖母今年九十有六，是臣尽节于陛下之日长，报养刘

---

① 伏惟：敬语，伏地思量。
② 故老：遗老。
③ 矜育：怜惜抚育。
④ 伪朝：指被晋灭掉的蜀汉。
⑤ 历职郎署：指曾在蜀汉官署中担任过郎官职务。
⑥ 矜：矜持爱惜。
⑦ 宠命：恩命。指拜郎中、洗马等官职。优渥：优厚。
⑧ 区区：拳拳。形容自己的私情。

之日短也。乌鸟私情①，愿乞终养。臣之辛苦，非独蜀之人士及二州牧伯所见明知②，皇天后土③，实所共鉴。愿陛下矜悯愚诚④，听臣微志，庶刘侥幸，保卒余年。臣生当陨首，死当结草⑤。臣不胜犬马怖惧之情⑥，谨拜表以闻。

---

① 乌鸟私情：相传乌鸦能反哺，所以常用来比喻子女对父母的孝养之情。

② 二州：指益州和梁州。益州治所在今四川省成都市，梁州治所在今陕西省勉县东，二州区域大致相当于蜀汉所统辖的范围。牧伯：刺史。

③ 皇天后土：犹言天地神明。

④ 愚诚：愚拙的至诚之心。

⑤ 结草：指报恩。据《左传·宣公十五年》记载，晋国大夫魏武子临死的时候，嘱咐他的儿子魏颗，把他的遗妾杀死以后殉葬。魏颗没有照他父亲说的话去做。后来魏颗跟秦国的杜回作战，看见一个老人结草把杜回绊倒，杜回因此被擒。到了晚上，魏颗梦见结草的老人，他自称是没有被杀死的魏武子遗妾的父亲。后来就把"结草"作为报答恩人心愿的表示。

⑥ 犬马：作者自比，表示谦卑。

名家名篇

屈原

离骚（节选）

《楚辞》

dì gāo yáng zhī miáo yì xī, zhèn huáng kǎo yuē bó yōng
帝高阳之苗裔兮，朕皇考曰伯庸。

shè tí zhēn yú mèng zōu xī, wéi gēng yín wú yǐ hōng
摄提贞于孟陬兮，惟庚寅吾以降。

huáng lǎn kuí yú chū dù xī, zhào xī yú yǐ jiā míng
皇览揆余初度兮，肇锡余以嘉名：

míng yú yuē zhèng zé xī, zì yú yuē líng jūn
名余曰正则兮，字余曰灵均。

fēn wú jì yǒu cǐ nèi měi xī, yòu chóng zhī yǐ xiū néng
纷吾既有此内美兮，又重之以修能。

hù jiāng lí yǔ pì zhǐ xī, rèn qiū lán yǐ wéi pèi
扈江离与辟芷兮，纫秋兰以为佩。

yù yú ruò jiāng bù jí xī, kǒng nián suì zhī bù wú yǔ
汩余若将不及兮，恐年岁之不吾与。

zhāo qiān pí zhī mù lán xī, xī lǎn zhōu zhī sù mǎng
朝搴阰之木兰兮，夕揽洲之宿莽。

rì yuè hū qí bù yān xī, chūn yǔ qiū qí dài xù
日月忽其不淹兮，春与秋其代序。

wéi cǎo mù zhī líng luò xī, kǒng měi rén zhī chí mù
惟草木之零落兮，恐美人之迟暮。

bù fǔ zhuàng ér qì huì xī, hé bù gǎi hū cǐ dù
不抚壮而弃秽兮，何不改乎此度？

chéng qí jì yǐ chí chěng xī, lái wú dǎo fū xiān lù
乘骐骥以驰骋兮，来吾道夫先路！

…… ……

cháng tài xī yǐ yǎn tì xī, āi mín shēng zhī duō jiān
长太息以掩涕兮，哀民生之多艰。

yú suī hào xiū kuā yǐ jī jī xī，jiǎn zhāo suì ér xī tì。
余虽好修姱以鞿羁兮，謇朝谇而夕替。

jì tì yú yǐ huì xiāng xī，yòu shēn zhī yǐ lǎn chǎi。
既替余以蕙纕兮，又申之以揽茝。

yì yú xīn zhī suǒ shàn xī，suī jiǔ sǐ qí yóu wèi huǐ。
亦余心之所善兮，虽九死其犹未悔。

东皇太一①

《楚辞·九歌》

jí rì xī chén liáng，mù jiāng yú xī shàng huáng；
吉日兮辰良，穆将愉兮上皇②；

fǔ cháng jiàn xī yù ěr，qiú qiāng míng xī lín láng；
抚长剑兮玉珥③，璆锵鸣兮琳琅④；

yáo xí xī yù zhèn，hé jiāng bǎ xī qióng fāng；
瑶席兮玉瑱⑤，盍将把兮琼芳⑥；

huì yáo zhēng xī lán jiè，diàn guì jiǔ xī jiāo jiāng；
蕙肴蒸兮兰藉⑦，奠桂酒兮椒浆⑧；

---

① 东皇太一：天神。这是祭祀天神时巫师唱的歌。
② 穆：恭敬肃穆。愉：使神灵愉快、欢乐。
③ 玉珥：剑柄上的玉饰。
④ 璆、琳琅：都是美玉名。锵鸣：此处指佩玉相碰撞而发出的声响。
⑤ 瑶席：珍贵华美的席垫。玉瑱：用玉做的压席器物。
⑥ 盍：何不。
⑦ 蕙肴蒸：祭祀用的放了蕙草的蒸肉。藉：垫底用的东西。
⑧ 椒浆：用有香味的椒浸泡的美酒。

yáng fú xī fú gǔ shū huǎn jié xī ān gē
扬枹兮拊鼓①，疏缓节兮安歌；
chén yú sè xī hào chàng
陈竽瑟兮浩倡②；
líng yǎn jiǎn xī jiāo fú fāng fēi fēi xī mǎn táng
灵偃蹇兮姣服③，芳菲菲兮满堂；
wǔ yīn fēn xī fán huì jūn xīn xīn xī lè kāng
五音纷兮繁会④，君欣欣兮乐康⑤。

大司命⑥

《楚辞·九歌》

guǎng kāi xī tiān mén fēn wú chéng xī xuán yún
广开兮天门⑦，纷吾乘兮玄云⑧。
lìng piāo fēng xī xiān qū shǐ dōng yǔ xī xǐ chén
令飘风兮先驱⑨，使涷雨兮洒尘⑩。

---

① 枹：鼓槌。拊：敲击。
② 陈：列。浩倡：大声唱，气势浩荡。
③ 灵：楚人称神、巫为灵，这里指众巫师。偃蹇：这里指舞姿优美的样子。姣服：美丽的服饰。
④ 五音：指宫、商、角、徵、羽五种音调。繁会：众音汇成一片，指齐奏。
⑤ 君：指东皇太一。
⑥ 大司命：掌管生死寿命的天神。本篇是女巫迎男神的祭歌。
⑦ 天门：上帝所居紫微宫门。
⑧ 玄云：黑云。
⑨ 飘风：大旋风。
⑩ 涷雨：暴雨。

jūn huí xiáng xī yǐ xià yú kōng sāng xī cóng rǔ
君回翔兮以下①，逾空桑兮从女②。
fēn zǒng zǒng xī jiǔ zhōu hé shòu yāo xī zài yú
纷总总兮九州，何寿夭兮在予。
gāo fēi xī ān xiáng chéng qīng qì xī yù yīn yáng
高飞兮安翔，乘清气兮御阴阳。
wú yǔ jūn xī qí sù dǎo dì zhī xī jiǔ kēng
吾与君兮齐速③，导帝之兮九坑④。
líng yī xī pī pī yù pèi xī lù lí
灵衣兮被被⑤，玉佩兮陆离⑥。
yì yīn xī yì yáng zhòng mò zhī xī yú suǒ wéi
壹阴兮壹阳，众莫知兮余所为。
zhé shū má xī yáo huā jiāng yǐ wèi xī lí jū
折疏麻兮瑶华⑦，将以遗兮离居⑧。
lǎo rǎn rǎn xī jì jí bú jìn jìn xī yù shū
老冉冉兮既极⑨，不寖近兮愈疏⑩。
chéng lóng xī lín lín gāo chí xī chōng tiān
乘龙兮辚辚，高驰兮冲天。
jié guì zhī xī yán zhù qiāng yù sī xī chóu rén
结桂枝兮延伫⑪，羌愈思兮愁人⑫。

---

① 君：指少司命。祭祀女巫以少司命的口吻迎神、娱神。
② 逾：越过。空桑：山名。据《吕氏春秋》所载，有侁氏女得婴儿于空桑，即后来之伊尹。空桑同主管婴儿之少司命有关，故大司命这样说。
③ 吾：大司命自谓。君：指少司命。齐速：严肃地快步走。
④ 导：引导。帝：天帝。之：到。九坑：冈山，楚人曾祭天于冈山。
⑤ 被被：被风吹动的样子。
⑥ 陆离：光彩陆离的样子。
⑦ 疏麻：升麻。麻的秆茎折而皮连，有藕断丝连之意。
⑧ 遗：赠。离居：本来亲近而现在分离的人。
⑨ 冉冉：渐渐地。极：至。
⑩ 寖：渐。
⑪ 延伫：远望。
⑫ 羌：何为。

chóu rén xī nài hé， yuàn ruò jīn xī wú kuī。
愁人兮奈何，愿若今兮无亏。

gù rén mìng xī yǒu dāng， shú lí hé xī kě wéi。
固人命兮有当①，孰离合兮可为。

少司命②

《楚辞·九歌》

qiū lán xī mí wú， luó shēng xī táng xià。
秋兰兮麋芜③，罗生兮堂下。

lù yè xī sù huā， fāng fēi fēi xī xí yú。
绿叶兮素华，芳菲菲兮袭予④。

fú rén zì yǒu xī měi zǐ， sūn hé yǐ xī chóu kǔ？
夫人自有兮美子⑤，荪何以兮愁苦⑥？

qiū lán xī jīng jīng， lù yè xī zǐ jīng。
秋兰兮青青⑦，绿叶兮紫茎。

mǎn táng xī měi rén， hū dú yǔ yú xī mù chéng。
满堂兮美人⑧，忽独与余兮目成⑨。

---

① 有当：有定数。

② 少司命：掌管人的后代子嗣的天神。

③ 秋兰：兰草，叶茎皆香。秋天开淡紫色小花，香气更浓。古人以为生子之祥。麋芜：香草名，治妇人无子。以下六句为男巫以大司命口吻迎神所唱。

④ 予：我，男巫以大司命口吻自谓。

⑤ 夫：发语词。美子：好儿女。

⑥ 荪：香草名，比喻少司命。

⑦ 青青：借为“菁菁”，茂盛貌。以下三节为少司命所唱。

⑧ 美人：指祈神求子的妇女。

⑨ 忽：很快地。余：我，少司命自谓。目成：用目光传情，达成默契。

rù bù yán xī chū bù cí，chéng huí fēng xī zài yún qí。
入不言兮出不辞，乘回风兮载云旗。

bēi mò bēi xī shēng bié lí，lè mò lè xī xīn xiāng zhī。
悲莫悲兮生别离，乐莫乐兮新相知。

hé yī xī huì dài，shū ér lái xī hū ér shì。
荷衣兮蕙带，倏而来兮忽而逝。

xī sù xī dì jiāo，jūn shuí xū xī yún zhī jì①？
夕宿兮帝郊，君谁须兮云之际①？

yǔ rǔ mù xī xián chí，xī rǔ fà xī yáng zhī ē②。
与女沐兮咸池，晞女发兮阳之阿②。

wàng měi rén xī wèi lái③，lín fēng huǎng xī hào gē④。
望美人兮未来③，临风怳兮浩歌④。

kǒng gài xī cuì jīng⑤，dēng jiǔ tiān xī fǔ huì xīng。
孔盖兮翠旍⑤，登九天兮抚彗星。

sǒng cháng jiàn xī yōng yòu ài⑥，sūn dú yí xī wéi mín zhēng⑦。
竦长剑兮拥幼艾⑥，荪独宜兮为民正⑦。

---

① 君：少司命指称大司命。须：等待。因大司命受祭结束后升上云端等待，故少司命这样问。

② 女：汝。咸池：神话中的天池，太阳在此沐浴。以下二节为男巫以大司命口吻所唱。晞：晒干。阳之阿：阳谷，神话中日出的地方。

③ 美人：此处为大司命称少司命。大司命在云端，少司命尚在人间受祭，所以大司命这样说。

④ 怳：神思恍惚惆怅的样子。浩歌：放歌，高歌。

⑤ 孔盖：用孔雀毛做的车盖。旍：旗。

⑥ 竦：笔直地拿着。拥：抱着。幼艾：儿童。

⑦ 正：主宰。

国殇①

《楚辞·九歌》

cāo wú gē xī pī xī jiǎ，jū cuò gǔ xī duǎn bīng jiē。
操吴戈兮被犀甲②，车错毂兮短兵接③。

jīng bì rì xī dí ruò yún，shǐ jiāo zhuì xī shì zhēng xiān。
旌蔽日兮敌若云④，矢交坠兮士争先。

líng yú zhèn xī liè yú háng，zuǒ cān yì xī yòu rèn shāng。
凌余阵兮躐余行⑤，左骖殪兮右刃伤⑥。

mái liǎng lún xī zhí sì mǎ，yuán yù fú xī jī míng gǔ。
霾两轮兮絷四马⑦，援玉枹兮击鸣鼓。

tiān shí duì xī wēi líng nù，yán shā jìn xī qì yuán yě。
天时怼兮威灵怒⑧，严杀尽兮弃原野⑨。

chū bú rù xī wǎng bù fǎn，píng yuán hū xī lù chāo yuǎn。
出不入兮往不反，平原忽兮路超远。

dài cháng jiàn xī xié qín gōng，shǒu shēn lí xī xīn bù chéng。
带长剑兮挟秦弓，首身离兮心不惩⑩。

chéng jì yǒng xī yòu yǐ wǔ，zhōng gāng qiáng xī bù kě líng。
诚既勇兮又以武，终刚强兮不可凌。

shēn jì sǐ xī shén yǐ líng，zǐ hún pò xī wéi guǐ xióng。
身既死兮神以灵，子魂魄兮为鬼雄。

---

① 国殇：这是国家为战死者举行的祭祀。
② 吴戈：吴国出产的戈，泛指锋利的兵器。下文“秦弓”，则泛指良弓。犀甲：犀牛皮制的铠甲。
③ 错毂：车轮交错。
④ 旌：旗。
⑤ 凌：侵犯。躐：践踏。
⑥ 左骖：左边的骖马。古代四马驾一辆车，左右两旁的马叫作骖。
⑦ 霾两轮兮絷四马：战车的两个车轮陷进泥土被埋住，四匹马也被绊住了。霾：通“埋”。古代作战，在激战将败时，埋轮缚马，表示坚守不退。
⑧ 时：日，太阳。
⑨ 严：残酷。杀尽：士兵伤亡殆尽。
⑩ 惩：戒惧，悔恨。

橘颂①

《楚辞·九章》

hòu huáng jiā shù　jú lái fú xī
后皇嘉树②，橘徕服兮③。

shòu mìng bù qiān　shēng nán guó xī
受命不迁④，生南国兮。

shēn gù nán xǐ　gèng yī zhì xī
深固难徙，更壹志兮。

lù yè sù róng　fēn qí kě xǐ xī
绿叶素荣⑤，纷其可喜兮⑥。

céng zhī yǎn jí　yuán guǒ tuán xī
曾枝剡棘⑦，圆果抟兮⑧。

qīng huáng zá róu　wén zhāng làn xī
青黄杂糅，文章烂兮⑨。

jīng sè nèi bái　lèi rèn dào xī
精色内白⑩，类任道兮⑪。

---

① 橘颂：歌颂橘树。
② 后黄：皇天后土，是对天地的尊称。嘉：美。
③ 服：习惯。
④ 命：天命，指天性。迁：移植。
⑤ 素荣：白色小花。
⑥ 纷：花叶茂盛的样子。
⑦ 曾枝：繁枝。剡棘：锋利的刺。
⑧ 抟：圆圆的。
⑨ 文章：花纹，色彩。烂：灿烂。
⑩ 精色：鲜明的皮色。内白：内瓤清白洁净。
⑪ 类：像。任道：抱守道德。

fēn yūn yí xiū kuā ér bù chǒu xī
纷缊宜修①，姱而不丑兮②。

jiē ěr yòu zhì yǒu yǐ yì xī
嗟尔幼志，有以异兮。

dú lì bù qiān qǐ bù kě xǐ xī
独立不迁，岂不可喜兮？

shēn gù nán xǐ kuò qí wú qiú xī
深固难徙，廓其无求兮③。

sū shì dú lì héng ér bù liú xī
苏世独立④，横而不流兮⑤。

bì xīn zì shèn zhōng bù shī guò xī
闭心自慎，终不失过兮。

bǐng dé wú sī cān tiān dì xī
秉德无私，参天地兮。

yuàn suì bìng xiè yǔ cháng yǒu xī
愿岁并谢⑥，与长友兮。

shū lí bù yín gěng qí yǒu lǐ xī
淑离不淫⑦，梗其有理兮⑧。

nián suì suī shào kě shī zhǎng xī
年岁虽少，可师长兮。

xíng bǐ bó yí zhì yǐ wéi xiàng xī
行比伯夷，置以为像兮⑨。

---

① 纷缊：繁茂。宜修：修饰得好。
② 姱：美好。
③ 廓：旷达。
④ 苏世：醒世。
⑤ 横而不流：不随波逐流。
⑥ 岁：岁月。并谢：一同逝去。
⑦ 淑离：美好的样子。淫：邪。
⑧ 梗：强硬，正直。理：树干的纹理。
⑨ 像：榜样。

渔父

《楚辞》

qū yuán jì fàng yóu yú jiāng tán xíng yín zé pàn
屈原既放，游于江潭，行吟泽畔，
yán sè qiáo cuì xíng róng kū gǎo yú fǔ jiàn ér wèn zhī
颜色憔悴，形容枯槁①。渔父见而问之
yuē zǐ fēi sān lǘ dà fū yú hé gù zhì yú sī
曰：“子非三闾大夫与②？何故至于斯？”
qū yuán yuē jǔ shì jiē zhuó wǒ dú qīng zhòng rén jiē zuì wǒ
屈原曰：“举世皆浊我独清，众人皆醉我
dú xǐng shì yǐ jiàn fàng
独醒，是以见放③。”

yú fǔ yuē shèng rén bù níng zhì yú wù ér néng
渔父曰：“圣人不凝滞于物④，而能
yǔ shì tuī yí shì rén jiē zhuó hé bù gǔ qí ní ér yáng
与世推移。世人皆浊，何不淈其泥而扬
qí bō zhòng rén jiē zuì hé bù bū qí zāo ér chuò qí
其波⑤？众人皆醉，何不餔其糟而歠其
lí hé gù shēn sī gāo jǔ zì lìng fàng wéi
醨⑥？何故深思高举，自令放为？”

qū yuán yuē wú wén zhī xīn mù zhě bì tán guān
屈原曰：“吾闻之，新沐者必弹冠，

---

① 形容：身体容貌。
② 三闾大夫：楚国官职名。
③ 见放：被放逐。
④ 凝滞：执着，拘泥。
⑤ 淈：搅浑。
⑥ 餔：吃。糟：酒糟。歠：饮。醨：薄酒。

新浴者必振衣；安能以身之察察①，受物之汶汶者乎②？宁赴湘流，葬于江鱼之腹中。安能以皓皓之白，而蒙世俗之尘埃乎？”

渔父莞尔而笑，鼓枻而去③。乃歌曰：“沧浪之水清兮，可以濯吾缨④；沧浪之水浊兮，可以濯吾足。”遂去，不复与言。

---

①察察：洁净的样子。
②汶汶：污浊的样子。
③鼓枻：敲击船桨。
④濯：洗。缨：帽带。

陶渊明

饮酒（其五）

jié lú zài rén jìng， ér wú chē mǎ xuān
结庐在人境，而无车马喧。
wèn jūn hé néng ěr？ xīn yuǎn dì zì piān
问君何能尔？心远地自偏。
cǎi jú dōng lí xià， yōu rán jiàn nán shān
采菊东篱下，悠然见南山。
shān qì rì xī jiā， fēi niǎo xiāng yǔ huán
山气日夕佳，飞鸟相与还。
cǐ zhōng yǒu zhēn yì， yù biàn yǐ wàng yán
此中有真意，欲辨已忘言。

归园田居（其一）

shào wú shì sú yùn， xìng běn ài qiū shān
少无适俗韵，性本爱丘山。
wù luò chén wǎng zhōng， yí qù sān shí nián
误落尘网中，一去三十年。
jī niǎo liàn jiù lín， chí yú sī gù yuān
羁鸟恋旧林，池鱼思故渊。
kāi huāng nán yě jì， shǒu zhuō guī yuán tián
开荒南野际，守拙归园田。
fāng zhái shí yú mǔ， cǎo wū bā jiǔ jiān
方宅十余亩，草屋八九间。

榆柳荫后檐，桃李罗堂前。
暧暧远人村，依依墟里烟。
狗吠深巷中，鸡鸣桑树颠。
户庭无尘杂，虚室有余闲。
久在樊笼里，复得返自然。

五柳先生传

先生不知何许人也，亦不详其姓字，宅边有五柳树，因以为号焉。闲静少言，不慕荣利。好读书，不求甚解；每有会意，便欣然忘食。性嗜酒，家贫不能常得。亲旧知其如此，或置酒而招之①；造

---

① 或：有时。

饮辄尽①，期在必醉。既醉而退，曾不吝情去留。环堵萧然②，不蔽风日；短褐穿结③，箪瓢屡空④，晏如也⑤。常著文章自娱，颇示己志。忘怀得失，以此自终。

赞曰⑥：黔娄之妻有言⑦：“不戚戚于贫贱⑧，不汲汲于富贵⑨。”其言兹若人之俦乎⑩？衔觞赋诗，以乐其志，无怀氏之民欤⑪？葛天氏之民欤？

---

① 造饮辄尽：去喝酒就喝个尽兴。
② 环堵：周围都是土墙。萧然：空寂的样子。
③ 短褐穿结：粗布短衣上打了补丁。
④ 箪：盛饭的竹筐。瓢：饮水用具。
⑤ 晏如：安然自若的样子。
⑥ 赞：传记结尾的评论性文字。
⑦ 黔娄：战国时有名的隐士，无意仕进，屡次辞去诸侯聘请。他死后，曾子前去吊丧，黔娄的妻子称赞黔娄“甘天下之淡味，安天下之卑位，不戚戚于贫贱，不汲汲于富贵。求仁而得仁，求义而得义”。
⑧ 戚戚：忧愁的样子。
⑨ 汲汲：极力营求、心情急切的样子。
⑩ 其言：推究她所说的话。兹：这。若人之俦：此人之类，指五柳先生。
⑪ 无怀氏：与下文的“葛天氏”都是传说中上古时代的氏族首领。据说在那个时代，人民生活安乐，恬淡自足，社会风气淳厚朴实。

归去来兮辞（并序）①

余家贫，耕植不足以自给。幼稚盈室，瓶无储粟，生生所资②，未见其术③。亲故多劝余为长吏④，脱然有怀⑤，求之靡途。会有四方之事⑥，诸侯以惠爱为德，家叔以余贫苦⑦，遂见用于小邑。于时风波未静，心惮远役，彭泽去家百里，公田之利，足以为酒。故便求之。及少日，眷然有归欤之情⑧。何则？质性自然，非矫厉所得。饥冻虽切，违己交

① 归去来兮：意思是“回去吧”。
② 生生：犹言维持生计。
③ 术：这里指经营生计的本领。
④ 长吏：较高职位的县吏，指小官。
⑤ 脱然：轻快的样子。有怀：指有了做官的念头。
⑥ 会有四方之事：刚巧碰上有出使到外地工作的事情。会：适逢。
⑦ 家叔：指陶夔（kuí），当时任太常卿。以：因为。
⑧ 眷然：依恋的样子。归欤之情：回去的心情。

病①。尝从人事，皆口腹自役。于是怅然慷慨，深愧平生之志。犹望一稔②，当敛裳宵逝③。寻程氏妹丧于武昌④，情在骏奔⑤，自免去职。仲秋至冬，在官八十余日。因事顺心，命篇曰《归去来兮》。乙巳岁十一月也⑥。

归去来兮，田园将芜胡不归？既自以心为形役，奚惆怅而独悲？悟已往之不谏，知来者之可追⑦。实迷途其未远，觉今是而昨非。舟遥遥以轻飏⑧，风飘

① 交病：指身心都遭受痛苦。
② 一稔：公田收获一次。稔：谷物成熟。
③ 敛裳：收拾行装。
④ 寻：不久。程氏妹：嫁给程家的妹妹。武昌：今湖北省鄂城区。
⑤ 骏奔：急着前去奔丧。
⑥ 乙巳岁：晋安帝义熙元年（405 年）。
⑦ 悟已往之不谏，知来者之可追：觉悟到过去做错了的事（指出仕）已经不能改正。知道未来的事（指归隐）还可以挽救。
⑧ 舟遥遥以轻飏：船在水面上轻轻地飘荡着前进。飏：飞扬，形容船行驶轻快的样子。

飘而吹衣。问征夫以前路，恨晨光之熹微①。

乃瞻衡宇②，载欣载奔。僮仆欢迎，稚子候门。三径就荒③，松菊犹存。携幼入室，有酒盈樽。引壶觞以自酌，眄庭柯以怡颜④。倚南窗以寄傲⑤，审容膝之易安⑥。园日涉以成趣，门虽设而常关。策扶老以流憩⑦，时矫首而遐观。云无心以出岫⑧，鸟倦飞而知还。景翳翳以将入⑨，抚孤松而盘桓。

归去来兮，请息交以绝游⑩。世与我

---

① 熹微：微明，天未大亮。
② 衡宇：横木做门的房子。形容居处简陋。
③ 三径：院中小路。汉朝蒋诩隐居之后，在院里竹下开辟三径，只与少数友人来往。
④ 眄庭柯以怡颜：看看院子里的树木，觉得很愉快。眄：斜看。
⑤ 寄傲：寄托傲然自得的心情。傲：指傲世。
⑥ 容膝：只能容下双膝的小屋，极言其狭小。
⑦ 扶老：手杖。憩：休息。
⑧ 云无心以出岫：云气自然而然地从山里冒出。岫：有洞穴的山。
⑨ 景：日光。翳翳：阴暗的样子。
⑩ 请息交以绝游：不再同官场有任何瓜葛。

而相违，复驾言兮焉求①？悦亲戚之情话②，乐琴书以消忧。农人告余以春及，将有事于西畴③。或命巾车，或棹孤舟。既窈窕以寻壑，亦崎岖而经丘。木欣欣以向荣，泉涓涓而始流。善万物之得时，感吾生之行休④。

已矣乎！寓形宇内复几时？曷不委心任去留⑤？胡为乎遑遑欲何之⑥？富贵非吾愿，帝乡不可期⑦。怀良辰以孤往，或植杖而耘耔⑧。登东皋以舒啸，临清流

① 驾：驾车，这里指驾车出游去追求想要的东西。
② 情话：知心话。
③ 事：农事。畴：田地。
④ 善万物之得时，感吾生之行休：羡慕自然界万物一到春天便及时生长茂盛，感叹自己的一生行将结束。善：欢喜，羡慕。行休：行将结束。
⑤ 寓形宇内复几时，曷不委心任去留：活在世上能有多久，何不顺从自己的心愿，管它什么生与死呢？
⑥ 遑遑：不安的样子。之：往。
⑦ 帝乡不可期：仙境到不了。
⑧ 耘：除草。耔：培苗。

而赋诗。聊乘化以归尽①，乐夫天命复奚疑②！

① 聊乘化以归尽：姑且顺其自然走完生命的路程。
② 乐夫天命复奚疑：乐安天命，还有什么可疑虑的呢？

李白

金陵酒肆留别

fēng chuī liǔ huā mǎn diàn xiāng　wú jī yā jiǔ huàn kè cháng
风吹柳花满店香，吴姬压酒唤客尝。
jīn líng zǐ dì lái xiāng sòng　yù xíng bù xíng gè jìn shāng
金陵子弟来相送，欲行不行各尽觞。
qǐng jūn shì wèn dōng liú shuǐ　bié yì yǔ zhī shuí duǎn cháng
请君试问东流水，别意与之谁短长。

蜀道难

yī xū xī　wēi hū gāo zāi
噫吁嚱，危乎高哉！
shǔ dào zhī nán　nán yú shàng qīng tiān
蜀道之难，难于上青天！
cán cóng jí yú fú　kāi guó hé máng rán
蚕丛及鱼凫①，开国何茫然！
ěr lái sì wàn bā qiān suì　bù yǔ qín sài tōng rén yān
尔来四万八千岁，不与秦塞通人烟。
xī dāng tài bái yǒu niǎo dào　kě yǐ héng jué é méi diān
西当太白有鸟道，可以横绝峨眉巅。

① 蚕丛、鱼凫：传说中古蜀国两位国王的名字，难以考证。

dì bēng shān cuī zhuàng shì sǐ
地崩山摧壮士死①，

rán hòu tiān tī shí zhàn xiāng gōu lián
然后天梯石栈相钩连②。

shàng yǒu liù lóng huí rì zhī gāo biāo
上有六龙回日之高标③，

xià yǒu chōng bō nì zhé zhī huí chuān
下有冲波逆折之回川。

huáng hè zhī fēi shàng bù dé guò yuán náo yù dù chóu pān yuán
黄鹤之飞尚不得过，猿猱欲度愁攀援。

qīng ní hé pán pán bǎi bù jiǔ zhé yíng yán luán
青泥何盘盘④，百步九折萦岩峦。

mén shēn lì jǐng yǎng xié xī yǐ shǒu fǔ yīng zuò cháng tàn
扪参历井仰胁息⑤，以手抚膺坐长叹⑥。

wèn jūn xī yóu hé shí huán wèi tú chán yán bù kě pān
问君西游何时还？畏途巉岩不可攀⑦。

dàn jiàn bēi niǎo háo gǔ mù xióng fēi cí cóng rào lín jiān
但见悲鸟号古木，雄飞雌从绕林间。

yòu wén zǐ guī tí yè yuè chóu kōng shān
又闻子规啼夜月，愁空山。

shǔ dào zhī nán nán yú shàng qīng tiān
蜀道之难，难于上青天，

---

① 地崩山摧壮士死：相传秦惠王想征服蜀国，知道蜀王好色，答应送给他五个美女。蜀王派五位壮士去接人。回到梓潼（今四川剑阁之南）的时候，他们看见一条大蛇进入穴中，一位壮士抓住了它的尾巴，其余四人也来相助，用力往外拽。不多时，山崩地裂，壮士和美女都被压死。从此山分为五岭，入蜀之路遂通。这便是有名的“五丁开山”的故事。摧：倒塌。

② 天梯：非常陡峭的山路，石阶如同接天的梯子。石栈：蜀道险处，在山上凿洞，中间插木条，架木为栈道。

③ 六龙回日：传说中的羲和驾驶着六龙之车（即太阳）到此处便迫近虞渊（传说中的日落处）。高标：指蜀山中可作一方之标识的最高峰。

④ 青泥：青泥岭，在今甘肃徽县南，陕西略阳县北。

⑤ 扪参历井：能摸得到的星辰。参、井是二星宿名。胁息：屏气不敢呼吸。

⑥ 膺：胸。

⑦ 巉岩：险恶陡峭的山壁。

shǐ rén tīng cǐ diāo zhū yán
使人听此凋朱颜！

lián fēng qù tiān bù yíng chǐ， kū sōng dào guà yǐ jué bì
连峰去天不盈尺，枯松倒挂倚绝壁。

fēi tuān pù liú zhēng xuān huī， pīng yá zhuǎn shí wàn hè léi
飞湍瀑流争喧豗①，砯崖转石万壑雷②。

qí xiǎn yě ruò cǐ
其险也若此，

jiē ěr yuǎn dào zhī rén hú wéi hū lái zāi
嗟尔远道之人胡为乎来哉！

jiàn gé zhēng róng ér cuī wéi
剑阁峥嵘而崔嵬③，

yì fū dāng guān， wàn fū mò kāi
一夫当关，万夫莫开。

suǒ shǒu huò fěi qīn， huà wéi láng yǔ chái
所守或匪亲，化为狼与豺。

zhāo bì měng hǔ， xī bì cháng shé
朝避猛虎，夕避长蛇；

mó yá shǔn xuè， shā rén rú má
磨牙吮血，杀人如麻。

jǐn chéng suī yún lè， bù rú zǎo huán jiā
锦城虽云乐④，不如早还家。

shǔ dào zhī nán， nán yú shàng qīng tiān
蜀道之难，难于上青天，

cè shēn xī wàng cháng zī jiē
侧身西望长咨嗟！

---

① 喧豗：喧闹声，这里指急流和瀑布发出的巨大响声。
② 砯崖：水冲击石壁发出的响声。
③ 剑阁：剑门关，在四川剑阁县北，是大、小剑山之间的一条栈道，长三十余里。峥嵘、崔嵬：形容山势高大雄峻的样子。
④ 锦城：成都古代以产锦闻名，朝廷曾经设官于此，专收锦织品，故称锦城或锦官城。

下终南山过斛斯山人宿置酒①

mù cóng bì shān xià　shān yuè suí rén guī
暮从碧山下②，山月随人归。
què gù suǒ lái jìng　cāng cāng héng cuì wēi
却顾所来径③，苍苍横翠微④。
xiāng xié jí tián jiā　tóng zhì kāi jīng fēi
相携及田家⑤，童稚开荆扉⑥。
lù zhú rù yōu jìng　qīng luó fú xíng yī
绿竹入幽径，青萝拂行衣⑦。
huān yán dé suǒ qì　měi jiǔ liáo gòng huī
欢言得所憩，美酒聊共挥⑧。
cháng gē yín sōng fēng　qǔ jìn hé xīng xī
长歌吟松风⑨，曲尽河星稀。
wǒ zuì jūn fù lè　táo rán gòng wàng jī
我醉君复乐，陶然共忘机⑩。

---

① 终南山：又称南山，秦岭山峰之一，在今陕西省西安市南，唐时士子多隐居于此山。过：拜访。斛斯：复姓。山人：隐士。
② 碧山：指终南山。
③ 却顾：回头望。
④ 翠微：青翠掩映的山峦。此处指终南山。
⑤ 田家：田野山村人家，此指斛斯山人之家。
⑥ 荆扉：柴门，以荆棘编制。
⑦ 青萝：即女萝，攀缠在树枝上下垂的藤蔓。行衣：行人的衣服。
⑧ 挥：举杯。
⑨ 松风：古乐府琴曲名，即《风入松》，此处也有歌声随风而入松林的意思。
⑩ 机：世俗的心机。

月下独酌

huā jiān yì hú jiǔ, dú zhuó wú xiāng qīn.
花间一壶酒，独酌无相亲。

jǔ bēi yāo míng yuè, duì yǐng chéng sān rén.
举杯邀明月，对影成三人。

yuè jì bù jiě yǐn, yǐng tú suí wǒ shēn.
月既不解饮，影徒随我身。

zàn bàn yuè jiāng yǐng, xíng lè xū jí chūn.
暂伴月将影，行乐须及春。

wǒ gē yuè pái huái, wǒ wǔ yǐng líng luàn.
我歌月徘徊，我舞影零乱。

xǐng shí tóng jiāo huān, zuì hòu gè fēn sàn.
醒时同交欢，醉后各分散。

yǒng jié wú qíng yóu, xiāng qī miǎo yún hàn.
永结无情游，相期邈云汉。

行路难

其一

jīn zūn qīng jiǔ dǒu shí qiān yù pán zhēn xiū zhí wàn qián
金樽清酒斗十千①，玉盘珍羞直万钱②。

tíng bēi tóu zhù bù néng shí bá jiàn sì gù xīn máng rán
停杯投箸不能食③，拔剑四顾心茫然。

yù dù huáng hé bīng sè chuān jiāng dēng tài háng xuě mǎn shān
欲渡黄河冰塞川，将登太行雪满山。

xián lái chuí diào bì xī shàng hū fù chéng zhōu mèng rì biān
闲来垂钓碧溪上，忽复乘舟梦日边④。

xíng lù nán xíng lù nán duō qí lù jīn ān zài
行路难，行路难，多歧路，今安在⑤？

cháng fēng pò làng huì yǒu shí zhí guà yún fān jì cāng hǎi
长风破浪会有时⑥，直挂云帆济沧海⑦。

其二

dà dào rú qīng tiān wǒ dú bù dé chū
大道如青天，我独不得出。

---

① 樽：古代盛酒的器具。清酒：清醇的美酒。斗十千：一斗值十千钱（即万钱），形容酒美价高。

② 珍羞：珍贵的菜肴。羞，同“馐”，美味的食物。直：通“值”，价值。

③ 箸：筷子。

④ “闲来”二句：表示诗人自己对从政仍有所期待。这两句暗用典故：姜太公吕尚曾在渭水的磻溪上钓鱼，得遇周文王，助周灭商；伊尹曾梦见自己乘船从日月旁边经过，后被商汤聘请，助商灭夏。

⑤ “多歧路”二句：岔道这么多，如今身在何处？

⑥ 长风破浪：比喻实现政治理想。据《宋书·宗悫传》载，宗悫少年时，叔父宗炳问他的志向，他说：“愿乘长风破万里浪。”

⑦ 云帆：高高的船帆。船在海里航行，因天水相连，船帆好像出没在云雾之中。

xiū zhú cháng ān shè zhōng ér chì jī bái zhì dǔ lí lì
羞逐长安社中儿①，赤鸡白雉赌梨栗。

tán jiàn zuò gē zòu kǔ shēng yè jū wáng mén bù chēng qíng
弹剑作歌奏苦声②，曳裾王门不称情。

huái yīn shì jǐng xiào hán xìn hàn cháo gōng qīng jì jiǎ shēng
淮阴市井笑韩信，汉朝公卿忌贾生③。

jūn bú jiàn xī shí yān jiā zhòng guō wěi
君不见昔时燕家重郭隗，

yōng huì zhé jié wú xián cāi
拥篲折节无嫌猜④。

jù xīn yuè yì gǎn ēn fēn shū gān pōu dǎn xiào yīng cái
剧辛乐毅感恩分，输肝剖胆效英才。

zhāo wáng bái gǔ yíng màn cǎo shuí rén gèng sǎo huáng jīn tái
昭王白骨萦蔓草，谁人更扫黄金台？

xíng lù nán guī qù lái
行路难，归去来⑤！

其三

yǒu ěr mò xǐ yǐng chuān shuǐ yǒu kǒu mò shí shǒu yáng jué
有耳莫洗颍川水，有口莫食首阳蕨⑥。

---

① 社：古时二十五家为一社。
② 弹剑：战国时齐公子孟尝君门下食客冯谖曾屡次弹剑作歌怨己不如意。
③ 贾生：汉初洛阳贾谊，曾上书汉文帝，劝其改制兴礼，受大臣反对。
④ 拥篲：燕昭王亲自扫路，恐灰尘飞扬，用衣袖挡帚以礼迎贤士邹衍。折节：一作“折腰”。
⑤ 归去来：指隐居。语出东晋陶渊明《归去来兮辞》。
⑥ “有口”句：反用伯夷、叔齐典故。《史记·伯夷列传》：“武王已平殷乱，天下宗周，而伯夷、叔齐耻之，义不食周粟，隐于首阳山，采薇而食之……遂饿死于首阳山。”

hán guāng hùn shì guì wú míng　hé yòng gū gāo bǐ yún yuè

含光混世贵无名①，何用孤高比云月？

wú guān zì gǔ xián dá rén　gōng chéng bú tuì jiē yǔn shēn

吾观自古贤达人，功成不退皆殒身。

zǐ xū jì qì wú jiāng shàng　qū yuán zhōng tóu xiāng shuǐ bīn

子胥既弃吴江上②，屈原终投湘水滨。

lù jī xióng cái qǐ zì bǎo　lǐ sī shuì jià kǔ bù zǎo

陆机雄才岂自保③？李斯税驾苦不早④。

huá tíng hè lì jù kě wén　shàng cài cāng yīng hé zú dào

华亭鹤唳讵可闻？上蔡苍鹰何足道⑤？

jūn bú jiàn wú zhōng zhāng hàn chēng dá shēng

君不见吴中张翰称达生，

qiū fēng hū yì jiāng dōng xíng

秋风忽忆江东行⑥。

qiě lè shēng qián yì bēi jiǔ　hé xū shēn hòu qiān zǎi míng

且乐生前一杯酒，何须身后千载名！

---

①“含光”句：言不露锋芒，随世俯仰之意。贵无名，以无名为贵。

②子胥：伍子胥，春秋末期吴国大夫。

③陆机：西晋文学家。《晋书·陆机传》载：陆机因宦人诬陷而被杀害于军中，临终叹曰：“华亭鹤唳，岂可复闻乎？”

④李斯：秦国统一六国的大功臣，任秦朝丞相，后被杀。

⑤“华亭”二句：用李斯典故。《史记·李斯列传》：“二世二年七月，具斯五刑，论腰斩咸阳市。斯出狱，与其中子俱执，顾谓其中子曰：‘吾欲与若复牵黄犬俱出上蔡东门逐狡兔，岂可得乎！’”

⑥“秋风”句：用张翰典故。《晋书·张翰传》：“张翰，字季鹰，吴郡吴人也。……为大司马东曹掾。……因见秋风起，乃思吴中菰菜、莼羹、鲈鱼脍，曰：‘人生贵得适志，何能羁官数千里，以要名爵乎？’遂命驾而归。……或谓之曰：‘卿乃纵适一时，独不为身后名邪？’答曰：‘使我有身后名，不如即时一杯酒。’时人贵其旷达。”

将进酒

jūn bú jiàn huáng hé zhī shuǐ tiān shàng lái
君不见黄河之水天上来，

bēn liú dào hǎi bú fù huí
奔流到海不复回。

jūn bú jiàn gāo táng míng jìng bēi bái fà
君不见高堂明镜悲白发，

zhāo rú qīng sī mù chéng xuě
朝如青丝暮成雪。

rén shēng dé yì xū jìn huān mò shǐ jīn zūn kōng duì yuè
人生得意须尽欢，莫使金樽空对月。

tiān shēng wǒ cái bì yǒu yòng qiān jīn sàn jìn huán fù lái
天生我材必有用，千金散尽还复来。

pēng yáng zǎi niú qiě wéi lè huì xū yì yǐn sān bǎi bēi
烹羊宰牛且为乐，会须一饮三百杯。

cén fū zǐ dān qiū shēng qiāng jìn jiǔ bēi mò tíng
岑夫子，丹丘生，将进酒，杯莫停。

yǔ jūn gē yì qǔ qǐng jūn wèi wǒ qīng ěr tīng
与君歌一曲，请君为我倾耳听。

zhōng gǔ zhuàn yù bù zú guì dàn yuàn cháng zuì bú fù xǐng
钟鼓馔玉不足贵，但愿长醉不复醒。

gǔ lái shèng xián jiē jì mò wéi yǒu yǐn zhě liú qí míng
古来圣贤皆寂寞，惟有饮者留其名。

chén wáng xī shí yàn píng lè dǒu jiǔ shí qiān zì huān xuè
陈王昔时宴平乐，斗酒十千恣欢谑。

zhǔ rén hé wèi yán shǎo qián jìng xū gū qǔ duì jūn zhuó
主人何为言少钱，径须沽取对君酌。

wǔ huā mǎ qiān jīn qiú hū ér jiāng chū huàn měi jiǔ
五花马，千金裘，呼儿将出换美酒，

yǔ ěr tóng xiāo wàn gǔ chóu
与尔同销万古愁。

登金陵凤凰台①

fèng huáng tái shàng fèng huáng yóu，fèng qù tái kōng jiāng zì liú。
凤凰台上凤凰游，凤去台空江自流。

wú gōng huā cǎo mái yōu jìng，jìn dài yī guān chéng gǔ qiū。
吴宫花草埋幽径②，晋代衣冠成古丘③。

sān shān bàn luò qīng tiān wài，èr shuǐ zhōng fēn bái lù zhōu。
三山半落青天外④，二水中分白鹭洲⑤。

zǒng wèi fú yún néng bì rì，cháng ān bú jiàn shǐ rén chóu。
总为浮云能蔽日⑥，长安不见使人愁。

---

①凤凰台：在金陵凤台山上。

②吴宫：三国时孙吴曾于金陵建都筑宫。

③衣冠：指的是东晋文学家郭璞的衣冠冢。现今仍在南京玄武湖公园内。成古丘：晋明帝当年为郭璞修建的衣冠冢豪华一时，然而到了唐朝诗人来看的时候，已经成为一个丘墼了。

④三山：山名。半落青天外：形容极远，看不大清楚。

⑤二水：指秦淮河流经南京后，西入长江，被横截其间的白鹭洲分为二支。

⑥浮云能蔽日：比喻谗臣当道障蔽贤良。日：一语双关，因为古代把太阳看作帝王的象征。

梦游天姥吟留别①

hǎi kè tán yíng zhōu yān tāo wēi máng xìn nán qiú
海客谈瀛洲②，烟涛微茫信难求③；

yuè rén yù tiān mǔ yún xiá míng miè huò kě dǔ
越人语天姥④，云霞明灭或可睹。

tiān mǔ lián tiān xiàng tiān héng shì bá wǔ yuè yǎn chì chéng
天姥连天向天横，势拔五岳掩赤城⑤。

tiān tāi sì wàn bā qiān zhàng duì cǐ yù dǎo dōng nán qīng
天台四万八千丈⑥，对此欲倒东南倾⑦。

wǒ yù yīn zhī mèng wú yuè yí yè fēi dù jìng hú yuè
我欲因之梦吴越⑧，一夜飞度镜湖月⑨。

hú yuè zhào wǒ yǐng sòng wǒ zhì shàn xī
湖月照我影，送我至剡溪⑩。

xiè gōng sù chù jīn shàng zài lù shuǐ dàng yàng qīng yuán tí
谢公宿处今尚在⑪，绿水荡漾清猿啼。

---

① 天姥山：在浙江新昌东面。传说登山的人能听到仙人天姥唱歌的声音，山因此得名。
② 瀛洲：古代传说中的东海三座仙山之一（另两座叫蓬莱和方丈）。
③ 烟涛：波涛渺茫，远看像烟雾笼罩的样子。微茫：景象模糊不清。信：确实，实在。
④ 越人：指浙江一带的人。
⑤ “势拔”句：山势高过五岳，遮掩了赤城。赤城：山名，在浙江天台西北。
⑥ 天台：山名，在浙江天台北部。
⑦ “对此”句：对着天姥这座山，天台山就好像要倒向它的东南一样。意思是天台山和天姥山相比，显得低多了。
⑧ 因：依据。
⑨ 镜湖：又名鉴湖，在浙江绍兴南面。
⑩ 剡溪：水名，在浙江嵊州南面。
⑪ 谢公：指南朝诗人谢灵运。

jiǎo zhuó xiè gōng jī shēn dēng qīng yún tī
脚著谢公屐①，身登青云梯②。
bàn bì jiàn hǎi rì kōng zhōng wén tiān jī
半壁见海日，空中闻天鸡。
qiān yán wàn hè lù bú dìng mí huā yǐ shí hū yǐ míng
千岩万壑路不定，迷花倚石忽已暝③。
xióng páo lóng yín yǐn yán quán lì shēn lín xī jīng céng diān
熊咆龙吟殷岩泉④，慄深林兮惊层巅⑤。
yún qīng qīng xī yù yù shuǐ dàn dàn xī shēng yān
云青青兮欲雨⑥，水澹澹兮生烟。
liè quē pī lì qiū luán bēng cuī
列缺霹雳⑦，丘峦崩摧。
dòng tiān shí fēi hōng rán zhōng kāi
洞天石扉⑧，訇然中开。
qīng míng hào dàng bú jiàn dǐ rì yuè zhào yào jīn yín tái
青冥浩荡不见底，日月照耀金银台。
ní wèi yī xī fēng wéi mǎ
霓为衣兮风为马，
yún zhī jūn xī fēn fēn ér lái xià
云之君兮纷纷而来下⑨。

---

① 谢公屐：谢灵运穿的那种木屐。据记载，谢灵运游山，必到幽深高峻的地方。他备有一种特制的木屐，屐底装有活动的齿，上山时去掉前齿，下山时去掉后齿。

② 青云梯：指直上云霄的山路。

③ “迷花”句：迷恋着花，依靠着石，不觉天色已经很晚了。

④ “熊咆”句：熊在怒吼，龙在长鸣，岩中的泉水在震响。殷，这里用作动词，震响。

⑤ “慄深林”句：使深林战栗，使层巅震惊。

⑥ 青青：黑沉沉的。

⑦ 列缺：指闪电。

⑧ 洞天：仙人居住的洞府。扉：门扇。

⑨ 云之君：云里的神仙。

hǔ gǔ sè xī luán huí chē xiān zhī rén xī liè rú má
虎鼓瑟兮鸾回车①，仙之人兮列如麻。

hū hún jì yǐ pò dòng huǎng jīng qǐ ér cháng jiē
忽魂悸以魄动，恍惊起而长嗟。

wéi jué shí zhī zhěn xí shī xiàng lái zhī yān xiá
惟觉时之枕席②，失向来之烟霞③。

shì jiān xíng lè yì rú cǐ gǔ lái wàn shì dōng liú shuǐ
世间行乐亦如此，古来万事东流水。

bié jūn qù xī hé shí huán
别君去兮何时还？

qiě fàng bái lù qīng yá jiān xū xíng jí qí fǎng míng shān
且放白鹿青崖间④，须行即骑访名山⑤。

ān néng cuī méi zhé yāo shì quán guì
安能摧眉折腰事权贵⑥，

shǐ wǒ bù dé kāi xīn yán
使我不得开心颜！

---

① 鸾回车：鸾鸟驾着车。鸾，传说中如凤凰一类的神鸟。
② 觉时：醒时。
③ 失向来之烟霞：刚才梦中所见的烟雾云霞消失了。
④ 白鹿：传说神仙或隐士多骑白鹿。青崖：青山。
⑤ 须：等待。
⑥ 摧眉折腰：低头弯腰。摧眉：低眉。

宣州谢朓楼饯别校书叔云①

qì wǒ qù zhě zuó rì zhī rì bù kě liú
弃我去者，昨日之日不可留；
luàn wǒ xīn zhě jīn rì zhī rì duō fán yōu
乱我心者，今日之日多烦忧。
cháng fēng wàn lǐ sòng qiū yàn duì cǐ kě yǐ hān gāo lóu
长风万里送秋雁②，对此可以酣高楼③。
péng lái wén zhāng jiàn ān gǔ zhōng jiān xiǎo xiè yòu qīng fā
蓬莱文章建安骨④，中间小谢又清发⑤。
jù huái yì xīng zhuàng sī fēi yù shàng qīng tiān lǎn míng yuè
俱怀逸兴壮思飞⑥，欲上青天览明月⑦。
chōu dāo duàn shuǐ shuǐ gèng liú jǔ bēi xiāo chóu chóu gèng chóu
抽刀断水水更流，举杯消愁愁更愁。
rén shēng zài shì bú chèn yì míng zhāo sàn fà nòng piān zhōu
人生在世不称意，明朝散发弄扁舟⑧。

① 宣州：今安徽宣城一带。谢朓楼：又名北楼、谢公楼，在陵阳山上，是南齐诗人谢朓任宣州太守时所建，后改名为叠嶂楼。李白曾多次登临，并且写过一首《秋登宣城谢朓北楼》。饯别：以酒食送行。校书：官名，即秘书省校书郎，掌管朝廷的图书整理工作。叔云：李白的叔叔李云。

② 长风：远风，大风。

③ 此：指上句的长风秋雁的景色。酣：畅饮。高楼：指谢朓楼。

④ 蓬莱文章：借指李云的文章。建安骨：指刚健遒劲的诗文风格。

⑤ 小谢：指谢朓，字玄晖，南朝齐诗人。后人将他和谢灵运并称为大谢、小谢。这里用以自喻。清发：指清新秀发的诗风。

⑥ 俱怀：两人都怀有。逸兴：飘逸豪放的兴致，多指山水游兴，超远的意兴。壮思：雄心壮志，豪壮的意思。

⑦ 览：通“揽”，摘取。

⑧ 散发：去冠披发，指隐居不仕。这里是形容狂放不羁。古人束发戴冠，散发表示闲适自在。弄扁舟：乘小舟归隐江湖。

庐山谣寄卢侍御虚舟①

wǒ běn chǔ kuáng rén, fèng gē xiào kǒng qiū
我本楚狂人，凤歌笑孔丘。

shǒu chí lù yù zhàng, zhāo bié huáng hè lóu
手持绿玉杖②，朝别黄鹤楼。

wǔ yuè xún xiān bù cí yuǎn, yì shēng hào rù míng shān yóu
五岳寻仙不辞远，一生好入名山游。

lú shān xiù chū nán dǒu bàng, píng fēng jiǔ dié yún jǐn zhāng
庐山秀出南斗傍③，屏风九叠云锦张④。

yǐng luò míng hú qīng dài guāng, jīn què qián kāi èr fēng cháng
影落明湖青黛光⑤，金阙前开二峰长，

yín hé dào guà sān shí liáng
银河倒挂三石梁。

xiāng lú pù bù yáo xiāng wàng, huí yá tà zhàng líng cāng cāng
香炉瀑布遥相望，回崖沓嶂凌苍苍。

cuì yǐng hóng xiá yìng zhāo rì, niǎo fēi bú dào wú tiān cháng
翠影红霞映朝日，鸟飞不到吴天长⑥。

dēng gāo zhuàng guān tiān dì jiān, dà jiāng máng máng qù bù huán
登高壮观天地间，大江茫茫去不还。

---

① 谣：不合乐的歌，一种诗体。卢侍御虚舟：卢虚舟，字幼真，范阳（今北京大兴区）人，唐肃宗时曾任殿中侍御史，相传“操持有清廉之誉”，曾与李白同游庐山。

② 绿玉杖：镶有绿玉的杖，传为仙人所用。

③ 南斗：星宿名，二十八宿中的斗宿。这里指秀丽的庐山之高，突兀而出。

④ 屏风九叠：指庐山五老峰东的九叠屏，因山九叠如屏而得名。

⑤ “影落”句：指庐山倒映在明澈的鄱阳湖中。青黛：青黑色。

⑥ “鸟飞”句：连鸟也难以飞越高峻的庐山和它辽阔的天空。吴天：九江春秋时属吴国。

huáng yún wàn lǐ dòng fēng sè bái bō jiǔ dào liú xuě shān
黄云万里动风色，白波九道流雪山①。

hào wéi lú shān yáo xìng yīn lú shān fā
好为庐山谣，兴因庐山发。

xián kuī shí jìng qīng wǒ xīn xiè gōng xíng chù cāng tái mò
闲窥石镜清我心，谢公行处苍苔没②。

zǎo fú huán dān wú shì qíng qín xīn sān dié dào chū chéng
早服还丹无世情，琴心三叠道初成③。

yáo jiàn xiān rén cǎi yún lǐ shǒu bǎ fú róng cháo yù jīng
遥见仙人彩云里，手把芙蓉朝玉京④。

xiān qī hàn màn jiǔ gāi shàng yuàn jiē lú áo yóu tài qīng
先期汗漫九垓上⑤，愿接卢敖游太清⑥。

春夜宴从弟桃李园序⑦

fú tiān dì zhě wàn wù zhī nì lǚ yě guāng yīn
夫天地者，万物之逆旅也⑧；光阴

① 白波九道：九道河流。古谓长江流至浔阳分为九条支流。李白在此沿用旧说，并非实见九道河流。雪山：白色的浪花。形容白波汹涌，堆叠如山。

② 谢公：南朝宋谢灵运。谢灵运曾进彭蠡湖口，登庐山。

③ 琴心三叠：道家修炼术语，一种心神宁静的境界。

④ 玉京：传说元始天尊居处。道教称元始天尊在天中心之上，名玉京山。

⑤ 先期：预先约好。汗漫：无边无际，意谓不可知，这里比喻神仙。

⑥ 卢敖：战国时燕国人。《淮南子·道应训》载，卢敖游北海，遇见一怪仙迎风而舞，想同他做朋友而同游，怪仙笑道："吾与汗漫期于九垓之外，吾不可以久驻。"遂纵身跳入云中。太清：最高的天空。

⑦ 从弟：堂弟。

⑧ 逆旅：客舍。迎客止歇，所以客舍称逆旅。

zhě bǎi dài zhī guò kè yě ér fú shēng ruò mèng wéi huān
者，百代之过客也。而浮生若梦，为欢
jǐ hé gǔ rén bǐng zhú yè yóu liáng yǒu yǐ yě kuàng yáng
几何？古人秉烛夜游，良有以也①。况阳
chūn zhào wǒ yǐ yān jǐng dà kuài jiǎ wǒ yǐ wén zhāng huì táo
春召我以烟景，大块假我以文章②。会桃
huā zhī fāng yuán xù tiān lún zhī lè shì qún jì jùn xiù
花之芳园，序天伦之乐事。群季俊秀③，
jiē wéi huì lián wú rén yǒng gē dú cán kāng lè yōu
皆为惠连④；吾人咏歌，独惭康乐⑤。幽
shǎng wèi yǐ gāo tán zhuǎn qīng kāi qióng yán yǐ zuò huā fēi
赏未已，高谈转清⑥。开琼筵以坐花，飞
yǔ shāng ér zuì yuè bù yǒu jiā yǒng hé shēn yǎ huái rú
羽觞而醉月⑦。不有佳咏，何伸雅怀？如
shī bù chéng fá yī jīn gǔ jiǔ shù
诗不成，罚依金谷酒数⑧。

---

① 有以：有原因。这里是说人生有限，应夜以继日地游乐。
② 大块：大自然。假：借，这里是提供、赐予的意思。文章：这里指绚丽的文采。
③ 群季：诸弟。兄弟长幼之序，曰伯（孟）、仲、叔、季，故以季代称弟。
④ 惠连：谢惠连，南朝诗人，早慧。这里以惠连来称赞诸弟的文才。
⑤ 康乐：南朝刘宋时山水诗人谢灵运，袭封康乐公。
⑥ “幽赏”二句：一边欣赏着幽静的美景，一边谈论着清雅的话题。
⑦ 羽觞：古代一种酒器，做鸟雀状，有头尾羽翼。醉月：醉倒在月光下。
⑧ 金谷酒数：是说如果宴会中的某人写不出诗来，就要按照古代金谷园的规矩罚酒三觞。金谷：园名，晋石崇于金谷涧（在今河南洛阳西北）中所筑，他常在这里宴请宾客。

与韩荆州书

bái wén tiān xià tán shì xiāng jù ér yán yuē shēng bú yòng
白闻天下谈士相聚而言曰："生不用
fēng wàn hù hóu dàn yuàn yì shí hán jīng zhōu hé lìng rén zhī
封万户侯，但愿一识韩荆州。"何令人之
jǐng mù yí zhì yú cǐ qǐ bù yǐ yǒu zhōu gōng zhī fēng
景慕，一至于此！岂不以有周公之风①，
gōng tǔ wò zhī shì shǐ hǎi nèi háo jùn bēn zǒu ér guī
躬吐握之事②，使海内豪俊，奔走而归
zhī yì dēng lóng mén zé shēng jià shí bèi suǒ yǐ lóng
之，一登龙门③，则声价十倍！所以龙
pán fèng yì zhī shì jiē yù shōu míng dìng jià yú jūn hóu
蟠凤逸之士④，皆欲收名定价于君侯⑤。
jūn hóu bù yǐ fù guì ér jiāo zhī hán jiàn ér hū zhī zé
君侯不以富贵而骄之，寒贱而忽之，则
sān qiān bīn zhōng yǒu máo suì shǐ bái dé yǐng tuō ér chū
三千宾中有毛遂⑥，使白得颖脱而出⑦，

① 周公：即姬旦，周文王子，周武王弟。因采邑在周（今陕西岐山县北），故称周公。
② 吐握：吐哺（口中所含食物）握发（头发）。周公自称"我一沐（洗头）三握发，一饭三吐哺，起以待士，犹恐失天下之贤人"，后世因以"吐握"喻求贤之心切。
③ 龙门：在今山西河津西北黄河两岸，峭壁对峙，形如阙门。传说江海大鱼能上此门者即化为龙。东汉李膺有高名，当时士人有受其接待者，名为登龙门。
④ 龙蟠凤逸：龙潜伏在深渊中，时机一到就飞翔上天。喻贤人在野或屈居下位。
⑤ 收名定价：获取美名，奠定声望。君侯：对尊贵者的敬称，此指韩朝宗。
⑥ 毛遂：战国时赵国平原君食客。秦围邯郸，赵王使平原君求救于楚，毛遂请求随同前往，随从至楚，果然说服了楚王，使其同意发兵。平原君于是奉他为上客。
⑦ 颖脱而出：喻才士若获得机会，必能充分显示其才能。

jí qí rén yān
即其人焉。

bái lǒng xī bù yī liú luò chǔ hàn
白，陇西布衣①，流落楚、汉②。
shí wǔ hào jiàn shù biàn gān zhū hóu sān shí chéng wén zhāng
十五好剑术，遍干诸侯③。三十成文章，
lì dǐ qīng xiàng suī cháng bù mǎn qī chǐ ér xīn xióng wàn
历抵卿相④。虽长不满七尺，而心雄万
fū jiē wáng gōng dà rén xǔ yǔ qì yì cǐ chóu nǎng xīn
夫。皆王公大人许与气义。此畴曩心
jì ān gǎn bú jìn yú jūn hóu zāi
迹⑤，安敢不尽于君侯哉！

jūn hóu zhì zuò móu shén míng dé xíng dòng tiān dì bǐ
君侯制作侔神明⑥，德行动天地，笔
cān zào huà xué jiū tiān rén xìng yuàn kāi zhāng xīn yán bù
参造化，学究天人。幸愿开张心颜，不
yǐ cháng yī jiàn jù bì ruò jiē zhī yǐ gāo yàn zòng zhī yǐ
以长揖见拒。必若接之以高宴，纵之以
qīng tán qǐng rì shì wàn yán yǐ mǎ kě dài jīn tiān xià
清谈，请日试万言，倚马可待⑦。今天下
yǐ jūn hóu wéi wén zhāng zhī sī mìng rén wù zhī quán héng yì
以君侯为文章之司命⑧，人物之权衡，一

---

① 陇西：古郡名，始置于秦，治所在狄道（今甘肃临洮）。李白自称十六国时凉武昭王李暠之后，李暠为陇西人。
② 楚、汉：当时李白安家于安陆（今属湖北），往来于襄阳、江夏等地。
③ 干：干谒，对人有所求而请见。
④ 历：逐一，普遍。抵：拜谒，进见。
⑤ 畴曩：往日。
⑥ 制作：指文章著述。侔：相等，齐同。
⑦ 倚马可待：喻文思敏捷。东晋时袁宏随同桓温北征，受命作露布文（檄文、捷书之类），他倚马前而作，手不辍笔，顷刻便成，而文极佳妙。
⑧ 司命：原为神名，掌管人之寿命。此指判定文章优劣的权威。

经品题，便作佳士。而君侯何惜阶前盈尺之地①，不使白扬眉吐气，激昂青云耶？

昔王子师为豫州②，未下车，即辟荀慈明，既下车，又辟孔文举；山涛作冀州③，甄拔三十余人，或为侍中、尚书④，先代所美。而君侯亦荐一严协律⑤，入为秘书郎⑥，中间崔宗之、房习祖、黎昕、许莹之徒⑦，或以才名见知，或以清白见赏。白每观其衔恩抚躬⑧，忠

---

① 惜阶前盈尺之地：意即不在堂前接见我。
② 王子师：东汉王允，字子师，灵帝时为豫州刺史，征召荀爽（字慈明，汉末硕儒）、孔融（字文举，孔子之后，汉末名士）等为从事。
③ 山涛：字巨源，西晋名士，竹林七贤之一。为翼州刺史时，搜访贤才，甄拔隐屈。
④ 侍中、尚书：中央政府官名。
⑤ 严协律：名不详。协律：协律郎，属太常寺，掌校正律吕。
⑥ 秘书郎：属秘书省，掌管中央政府藏书。
⑦ 崔宗之：李白好友，开元中入仕，曾为起居郎、尚书礼部员外郎、礼部郎中、右司郎中等职，与孟浩然、杜甫亦有交往。房习祖：不详。黎昕：曾为拾遗官，与王维有交往。许莹：不详。
⑧ 抚躬：抚膺，表示慨叹。

义奋发，以此感激，知君侯推赤心于诸贤腹中，所以不归他人，而愿委身国士。傥急难有用，敢效微躯。

且人非尧舜，谁能尽善？白谟猷筹画[1]，安能自矜？至于制作，积成卷轴，则欲尘秽视听[2]。恐雕虫小技，不合大人。若赐观刍荛[3]，请给纸墨，兼之书人，然后退扫闲轩[4]，缮写呈上。庶青萍、结绿[5]，长价于薛、卞之门[6]。幸惟下流[7]，大开奖饰，惟君侯图之。

① 谟猷：谋划，谋略。
② 尘秽视听：请对方观看自己作品的谦语。
③ 刍荛：割草为刍，打柴为荛，刍荛指草野之人。此为作者用以谦称自己的作品。
④ 闲轩：静室。
⑤ 青萍：宝剑名。结绿：美玉名。
⑥ 薛：薛烛，春秋时越国人，善相剑。卞：卞和，古代善识玉者。此处喻指韩朝宗。
⑦ 惟：念。下流：指地位低的人。

苏轼

江城子·密州出猎①

老夫聊发少年狂②，左牵黄，右擎苍，锦帽貂裘，千骑卷平冈③。为报倾城随太守，亲射虎，看孙郎④。

酒酣胸胆尚开张。鬓微霜⑤，又何妨！持节云中，何日遣冯唐⑥？会挽雕弓如满月⑦，西北望，射天狼⑧。

---

① 江城子：词牌名。密州：在今山东省诸城市。
② 老夫：作者自称，时年四十岁。聊：姑且，暂且。狂：此处指豪情。
③ 千骑卷平冈：形容马多尘土飞扬，过山冈像卷席子一般。千骑：形容从骑之多。
④ 孙郎：三国时期东吴的孙权，这里作者自喻。
⑤ 鬓：额角边的头发。霜：白。
⑥ 持节云中，何日遣冯唐：朝廷何日派遣冯唐去云中郡赦免魏尚的罪呢？典出《史记·冯唐列传》。汉文帝时，魏尚为云中（汉时的郡名，在今内蒙古自治区托克托县一带，包括山西西北部分地区）太守。他爱惜士卒，优待军吏，匈奴远避。匈奴曾一度来犯，魏尚亲率车骑出击，所杀甚众。后因报功文书上所载杀敌的数字与实际不合（虚报了六个），被削职。经冯唐代为辩白后，认为判得过重，文帝就派冯唐“持节”（带着传达圣旨的符节）去赦免魏尚的罪，让魏尚仍然担任云中郡太守。苏轼此时因政治上处境不好，调密州太守，故以魏尚自许，希望能得到朝廷的信任。节：兵符，带着传达命令的符节。持节：奉朝廷重大使命。
⑦ 会：应当。挽：拉。雕弓：弓背上有雕花的弓。满月：圆月。
⑧ 天狼：星名，一称犬星，旧说指侵掠。词中以之隐喻侵犯北宋边境的辽国与西夏。

念奴娇·赤壁怀古

dà jiāng dōng qù làng táo jìn qiān gǔ fēng liú rén wù
大江东去，浪淘尽，千古风流人物。
gù lěi xī bian rén dào shì sān guó zhōu láng chì bì luàn
故垒西边，人道是，三国周郎赤壁①。乱
shí chuān kōng jīng tāo pāi àn juǎn qǐ qiān duī xuě jiāng shān
石穿空，惊涛拍岸，卷起千堆雪②。江山
rú huà yì shí duō shǎo háo jié
如画，一时多少豪杰。

yáo xiǎng gōng jǐn dāng nián xiǎo qiáo chū jià liǎo xióng
遥想公瑾当年，小乔初嫁了③，雄
zī yīng fā yǔ shàn guān jīn tán xiào jiān qiáng lǔ huī fēi
姿英发。羽扇纶巾④，谈笑间，樯橹灰飞
yān miè gù guó shén yóu duō qíng yīng xiào wǒ zǎo shēng huá
烟灭⑤。故国神游，多情应笑我，早生华
fà rén shēng rú mèng yì zūn huán lèi jiāng yuè
发。人生如梦，一尊还酹江月⑥。

---

① 周郎：指三国时吴国名将周瑜，字公瑾，少年得志，二十四岁为中郎将，掌管东吴重兵，吴中皆呼为“周郎”。下文中的“公瑾”，即指周瑜。
② 雪：比喻浪花。
③ 小乔初嫁了：言其少年得意，倜傥风流。
④ 羽扇纶巾：古代儒将的便装打扮。羽扇：羽毛制成的扇子。纶巾：青丝制成的头巾。
⑤ 樯橹：这里代指曹操的水军战船。
⑥ 一尊还酹江月：古人以酒浇在地上祭奠。这里指洒酒酬月，寄托自己的感情。尊：通“樽”，酒杯。

题西林壁

héng kān chéng lǐng cè chéng fēng, yuǎn jìn gāo dī gè bù tóng.
横看成岭侧成峰，远近高低各不同。
bù shí lú shān zhēn miàn mù, zhǐ yuán shēn zài cǐ shān zhōng.
不识庐山真面目，只缘身在此山中。

记承天寺夜游

yuán fēng liù nián shí yuè shí èr rì yè, jiě yī yù shuì,
元丰六年十月十二日夜，解衣欲睡，
yuè sè rù hù, xīn rán qǐ xíng. niàn wú yǔ wéi lè zhě,
月色入户①，欣然起行。念无与为乐者，
suì zhì chéng tiān sì xún zhāng huái mín. huái mín yì wèi qǐn, xiāng
遂至承天寺寻张怀民。怀民亦未寝，相
yǔ bù yú zhōng tíng. tíng xià rú jī shuǐ kōng míng, shuǐ
与步于中庭②。庭下如积水空明③，水
zhōng zǎo、xìng jiāo héng, gài zhú bǎi yǐng yě. hé yè wú
中藻、荇交横④，盖竹柏影也⑤。何夜无

① 户：门。
② 相与：一起。
③ 空明：形容水的澄澈。
④ 藻、荇：水藻、荇菜，均为水生植物。
⑤ 盖：原来是。

月？何处无竹柏？但少闲人如吾两人者耳。

赤壁赋

壬戌之秋，七月既望①，苏子与客泛舟游于赤壁之下。清风徐来，水波不兴。举酒属客②，诵明月之诗，歌窈窕之章③。少焉，月出于东山之上，徘徊于斗牛之间④。白露横江，水光接天。纵一苇之所如⑤，凌万顷之茫然。浩浩乎如冯虚御风⑥，而不知其所止；飘飘乎如遗世独

① 望：农历每月十五日，月圆之日。既望：过了十五，即十六。
② 属客：劝酒。
③ 明月之诗、窈窕之章：《诗经》中有《月出》篇，第一章有“舒窈纠兮”的句子。
④ 斗牛：斗宿和牛宿，都是星宿名。
⑤ 一苇：比喻小船。如：往。
⑥ 冯虚：凌空。

立，羽化而登仙①。

于是饮酒乐甚，扣舷而歌之。歌曰："桂棹兮兰桨②，击空明兮溯流光③。渺渺兮予怀，望美人兮天一方。"客有吹洞箫者，倚歌而和之。其声呜呜然，如怨如慕，如泣如诉，余音袅袅，不绝如缕。舞幽壑之潜蛟④，泣孤舟之嫠妇⑤。

苏子愀然⑥，正襟危坐而问客曰："何为其然也？"客曰："月明星稀，乌鹊南飞，此非曹孟德之诗乎⑦？西望夏口，东望武昌，山川相缪⑧，郁乎苍苍，此非

---

① 羽化：道教称得道飞升为羽化，如同长出羽翼一样可以飞升。
② 棹：船桨。
③ 空明：月光映照下的江面。流光：水波上流动的月光。
④ 幽壑：深谷。
⑤ 嫠妇：寡妇。
⑥ 愀然：忧愁凄怆的样子。
⑦ 曹孟德：曹操，字孟德。
⑧ 缪：通"缭"，缭绕。

mèng dé zhī kùn yú zhōu láng zhě hū fāng qí pò jīng zhōu xià
孟德之困于周郎者乎①？方其破荆州，下

jiāng líng shùn liú ér dōng yě zhú lú qiān lǐ jīng qí bì
江陵，顺流而东也，舳舻千里②，旌旗蔽

kōng shī jiǔ lín jiāng héng shuò fù shī gù yí shì zhī
空，酾酒临江③，横槊赋诗④，固一世之

xióng yě ér jīn ān zài zāi kuàng wú yǔ zǐ yú qiáo yú jiāng
雄也，而今安在哉？况吾与子渔樵于江

zhǔ zhī shàng lǚ yú xiā ér yǒu mí lù jià yí yè zhī piān
渚之上，侣鱼虾而友麋鹿，驾一叶之扁

zhōu jǔ páo zūn yǐ xiāng zhǔ jì fú yóu yú tiān dì
舟，举匏樽以相属⑤。寄蜉蝣于天地⑥，

miǎo cāng hǎi zhī yí sù āi wú shēng zhī xū yú xiàn cháng jiāng
渺沧海之一粟。哀吾生之须臾，羡长江

zhī wú qióng xié fēi xiān yǐ áo yóu bào míng yuè ér cháng zhōng
之无穷。挟飞仙以遨游，抱明月而长终。

zhī bù kě hū zhòu dé tuō yí xiǎng yú bēi fēng
知不可乎骤得⑦，托遗响于悲风⑧。”

sū zǐ yuē kè yì zhī fú shuǐ yǔ yuè hū shì zhě
苏子曰：“客亦知夫水与月乎？逝者

rú sī ér wèi cháng wǎng yě yíng xū zhě rú bǐ ér
如斯⑨，而未尝往也；盈虚者如彼⑩，而

---

① 周郎：三国吴将周瑜。赤壁之战中，曹操兵败于吴蜀联军，周瑜是主要指挥者。
② 舳舻：船尾和船头相连。
③ 酾酒：洒酒。指在江上洒酒，是对古代英雄的凭吊。
④ 槊：长矛。
⑤ 匏尊：葫芦做的酒器。
⑥ 蜉蝣：一种小飞虫，只能生存几个小时。
⑦ 骤得：突然得到。
⑧ 遗响：萧的余音。
⑨ 逝者如斯：指江水奔流不息。
⑩ 盈虚者如彼：指月亮有圆有缺。

卒莫消长也①。盖将自其变者而观之，则天地曾不能以一瞬；自其不变者而观之，则物与我皆无尽也，而又何羡乎！且夫天地之间，物各有主。苟非吾之所有，虽一毫而莫取。惟江上之清风，与山间之明月，耳得之而为声，目遇之而成色，取之无禁，用之不竭，是造物者之无尽藏也，而吾与子之所共适②。”

客喜而笑，洗盏更酌③。肴核既尽④，杯盘狼籍。相与枕藉乎舟中⑤，不知东方之既白。

---

① 卒：最终。
② 适：享受。
③ 盏：杯盏。更酌：重新倒酒。
④ 肴：菜肴。核：果品。
⑤ 相与枕藉：互相枕着靠着睡觉。

后赤壁赋

是岁十月之望，步自雪堂①，将归于临皋②。二客从予过黄泥之坂③。霜露既降，木叶尽脱，人影在地，仰见明月。顾而乐之，行歌相答。

已而叹曰：“有客无酒，有酒无肴，月白风清，如此良夜何！”客曰：“今者薄暮④，举网得鱼，巨口细鳞，状似松江之鲈。顾安所得酒乎？”归而谋诸妇，妇曰：“我有斗酒，藏之久矣，以待子不时之需。”

---

① 步自雪堂：从雪堂步行出发。雪堂：苏轼在黄州所建的新居，离他在临皋的住处不远，在黄冈东面。因厅堂在大雪时建成，画雪景于四壁，故名“雪堂”。
② 临皋：亭名，在黄冈南长江边上。苏轼初到黄州时住在定惠院，不久就迁至临皋亭。
③ 黄泥之坂：黄冈东面东坡附近的山坡叫“黄泥坂”，是从雪堂到临皋亭的必经之路。坂：斜坡，山坡。
④ 今者薄暮：方才傍晚的时候。薄暮：太阳将落天快黑的时候。薄：迫，逼近。

于是携酒与鱼，复游于赤壁之下。江流有声，断岸千尺①；山高月小，水落石出。曾日月之几何，而江山不可复识矣②。

予乃摄衣而上③，履巉岩④，披蒙茸⑤，踞虎豹⑥，登虬龙⑦，攀栖鹘之危巢，俯冯夷之幽宫⑧。盖二客不能从焉。划然长啸，草木震动，山鸣谷应，风起水涌。

---

① 断岸千尺：江岸上山壁峭立，高达千尺。断：阻断。

② 曾日月之几何，而江山不可复识矣：才过了几天啊，眼前的江山明知是先前的江山，而先前的景象再不能辨认了。这话是联系前次赤壁之游说的。前次游赤壁在“七月既望”，距离这次仅仅三个月，时间很短，所以说“曾日月之几何”。前次所见的是“水光接天”“万顷茫然”，这次所见的是“断岸千尺”“水落石出”，所以说“江山不可复识”。曾日月之几何：也就是“曾几何时”。

③ 摄衣：提起衣襟。

④ 履巉岩：登上险峻的山崖。

⑤ 披蒙茸：分开乱草。

⑥ 踞：蹲或坐。虎豹：指形似虎豹的山石。

⑦ 虬龙：指枝柯弯曲形似虬龙的树木。

⑧ 俯冯夷之幽宫：低头看水神冯夷的深宫。冯夷：水神。幽：深。这两句是说，上登山的极高处，下临江的极深处。

予亦悄然而悲①，肃然而恐，凛乎其不可留也。反而登舟，放乎中流②，听其所止而休焉③。时夜将半，四顾寂寥。适有孤鹤，横江东来。翅如车轮，玄裳缟衣④，戛然长鸣，掠予舟而西也。

须臾客去，予亦就睡。梦一道士，羽衣蹁跹，过临皋之下，揖予而言曰：“赤壁之游乐乎？”问其姓名，俯而不答。呜呼！噫嘻！我知之矣。畴昔之夜⑤，飞鸣而过我者，非子也耶⑥？道士顾笑⑦，予亦惊寤。开户视之，不见其处。

---

① 悄然：静默的样子。
② 放：纵，遣。这里有任船飘荡的意思。
③ 听其所止而休焉：任凭那船停止在什么地方就在什么地方休息。
④ 玄裳缟衣：下服是黑的，上衣是白的。玄：黑。裳：下服。缟：白。衣：上衣。仙鹤身上的羽毛是白的，尾巴是黑的，所以这样说。
⑤ 畴昔之夜：昨天晚上。
⑥ 非子也耶：不是你吗？
⑦ 顾：回头看。

其他

七月

《诗经·豳风》

七月流火，九月授衣。一之日觱发，二之日栗烈。无衣无褐，何以卒岁？三之日于耜，四之日举趾。同我妇子，馌彼南亩。田畯至喜！

七月流火，九月授衣。春日载阳，有鸣仓庚。女执懿筐，遵彼微行。爰求柔桑？春日迟迟，采蘩祁祁。女心伤悲，殆及公子同归。

七月流火，八月萑苇。蚕月条桑，取彼斧斨，以伐远扬，猗彼女桑。七月鸣鵙，八月载绩。载玄载黄，我朱孔阳，为公子裳。

四月秀葽，五月鸣蜩。八月其获，十月陨萚。一之日于貉，取彼狐狸，为公子裘。二之日其同，载缵武功。言私其豵，献豜于公。

五月斯螽动股，六月莎鸡振羽，七月在野，八月在宇，九月在户，十月蟋蟀入我床下。穹窒熏鼠，塞向墐户。嗟我妇子，曰为改岁，入此室处。

六月食郁及薁，七月亨葵及菽，八月剥枣，十月获稻。为此春酒，以介眉寿。七月食瓜，八月断壶，九月叔苴，采荼薪樗，食我农夫。

九月筑场圃，十月纳禾稼。黍稷重穋，禾麻菽麦。嗟我农夫，我稼既同，上入执宫功。昼尔于茅，宵尔索绹。亟其乘屋，其始播百谷。

二之日凿冰冲冲，三之日纳于凌阴。四之日其蚤，献羔祭韭。九月肃霜，十

yuè dí cháng péng jiǔ sī xiǎng yuē shā gāo yáng jī bǐ gōng
月涤场。朋酒斯飨，曰杀羔羊。跻彼公

táng chēng bǐ sì gōng wàn shòu wú jiāng
堂，称彼兕觥，万寿无疆！

长恨歌

［唐］白居易

hàn huáng zhòng sè sī qīng guó yù yǔ duō nián qiú bù dé
汉皇重色思倾国①，御宇多年求不得②。

yáng jiā yǒu nǚ chū zhǎng chéng yǎng zài shēn guī rén wèi shí
杨家有女初长成③，养在深闺人未识。

tiān shēng lì zhì nán zì qì yì zhāo xuǎn zài jūn wáng cè
天生丽质难自弃，一朝选在君王侧。

huí móu yí xiào bǎi mèi shēng liù gōng fěn dài wú yán sè
回眸一笑百媚生，六宫粉黛无颜色④。

chūn hán cì yù huá qīng chí wēn quán shuǐ huá xǐ níng zhī
春寒赐浴华清池，温泉水滑洗凝脂⑤。

shì ér fú qǐ jiāo wú lì shǐ shì xīn chéng ēn zé shí
侍儿扶起娇无力，始是新承恩泽时⑥。

---

① 汉皇：此处指唐玄宗李隆基。
② 御宇：驾御宇内，即统治天下。
③ 杨家有女：蜀州司户杨玄琰，有女杨玉环，自幼由叔父杨玄珪抚养，十七岁被册封为玄宗之子寿王李瑁之妃。二十七岁被玄宗册封为贵妃。白居易此谓“养在深闺人未识”，是作者有意为帝王避讳的说法。
④ 粉黛：此处指六宫中的女性。无颜色：意谓相形之下，都失去了美好的姿容。
⑤ 凝脂：形容皮肤白嫩滋润，犹如凝固的脂肪。
⑥ 新承恩泽：刚得到皇帝的宠幸。

yún bìn huā yán jīn bù yáo, fú róng zhàng nuǎn dù chūn xiāo
云鬓花颜金步摇，芙蓉帐暖度春宵。

chūn xiāo kǔ duǎn rì gāo qǐ, cóng cǐ jūn wáng bù zǎo cháo
春宵苦短日高起，从此君王不早朝。

chéng huān shì yàn wú xián xiá, chūn cóng chūn yóu yè zhuān yè
承欢侍宴无闲暇，春从春游夜专夜。

hòu gōng jiā lì sān qiān rén, sān qiān chǒng ài zài yì shēn
后宫佳丽三千人，三千宠爱在一身。

jīn wū zhuāng chéng jiāo shì yè, yù lóu yàn bà zuì hé chūn
金屋妆成娇侍夜，玉楼宴罢醉和春。

zǐ mèi dì xiōng jiē liè tǔ, kě lián guāng cǎi shēng mén hù
姊妹弟兄皆列土，可怜光彩生门户。

suì lìng tiān xià fù mǔ xīn, bú zhòng shēng nán zhòng shēng nǚ
遂令天下父母心，不重生男重生女。

lí gōng gāo chù rù qīng yún, xiān yuè fēng piāo chù chù wén
骊宫高处入青云，仙乐风飘处处闻。

huǎn gē màn wǔ níng sī zhú, jìn rì jūn wáng kàn bù zú
缓歌慢舞凝丝竹，尽日君王看不足。

yú yáng pí gǔ dòng dì lái, jīng pò ní cháng yǔ yī qǔ
渔阳鼙鼓动地来①，惊破霓裳羽衣曲②。

jiǔ chóng chéng què yān chén shēng, qiān shèng wàn jì xī nán xíng
九重城阙烟尘生③，千乘万骑西南行④。

cuì huá yáo yáo xíng fù zhǐ, xī chū dū mén bǎi yú lǐ
翠华摇摇行复止，西出都门百余里⑤。

---

① 渔阳鼙鼓：指安禄山在渔阳起兵叛乱。
② 霓裳羽衣曲：舞曲名，乐曲着意表现虚无缥缈的仙境和仙女形象。
③ 九重城阙：九重门的京城，此指长安。烟尘生：指发生战事。
④ 千乘万骑西南行：天宝十五载（756 年）六月，安禄山破潼关，逼近长安。玄宗带领杨贵妃等出延秋门向西南方向逃走。当时随行护卫并不多，“千乘万骑”是夸大之词。
⑤ 翠华两句：李隆基西奔至距长安百余里的马嵬驿（今陕西兴平），扈从禁卫军发难，不再前行，请诛杨国忠、杨玉环兄妹以平民怨。玄宗为保自身，只得照办。

liù jūn bù fā wú nài hé　wǎn zhuǎn é méi mǎ qián sǐ
六军不发无奈何①，宛转蛾眉马前死。

huā diàn wěi dì wú rén shōu　cuì qiào jīn què yù sāo tóu
花钿委地无人收②，翠翘金雀玉搔头③。

jūn wáng yǎn miàn jiù bù dé　huí kàn xuè lèi xiāng hé liú
君王掩面救不得，回看血泪相和流。

huáng āi sàn màn fēng xiāo suǒ　yún zhàn yíng yū dēng jiàn gé
黄埃散漫风萧索，云栈萦纡登剑阁。

é méi shān xià shǎo rén xíng　jīng qí wú guāng rì sè bó
峨嵋山下少人行，旌旗无光日色薄。

shǔ jiāng shuǐ bì shǔ shān qīng　shèng zhǔ zhāo zhāo mù mù qíng
蜀江水碧蜀山青，圣主朝朝暮暮情。

xíng gōng jiàn yuè shāng xīn sè　yè yǔ wén líng cháng duàn shēng
行宫见月伤心色，夜雨闻铃肠断声。

tiān xuán dì zhuǎn huí lóng yù　dào cǐ chóu chú bù néng qù
天旋地转回龙驭④，到此踌躇不能去。

mǎ wéi pō xià ní tǔ zhōng　bú jiàn yù yán kōng sǐ chù
马嵬坡下泥土中，不见玉颜空死处。

jūn chén xiāng gù jìn zhān yī　dōng wàng dū mén xìn mǎ guī
君臣相顾尽沾衣，东望都门信马归⑤。

guī lái chí yuàn jiē yī jiù　tài yè fú róng wèi yāng liǔ
归来池苑皆依旧，太液芙蓉未央柳⑥。

fú róng rú miàn liǔ rú méi　duì cǐ rú hé bú lèi chuí
芙蓉如面柳如眉，对此如何不泪垂。

---

① 六军：指天子军队。

② 花钿：用金翠珠宝等制成的花朵形首饰。委地：丢弃在地上。

③ 翠翘：首饰，形如翡翠鸟尾。金雀：金雀钗，钗形似凤（古称朱雀）。玉搔头：玉簪。

④ 天旋地转：指时局好转。肃宗至德二年（757年），郭子仪军收复长安。回龙驭：皇帝的车驾归来。

⑤ 信马：意思是无心鞭马，任马前进。

⑥ 太液：汉宫中有太液池。未央：汉有未央宫。此皆借指唐朝宫苑。

chūn fēng táo lǐ huā kāi rì，qiū yǔ wú tóng yè luò shí。
春风桃李花开日，秋雨梧桐叶落时。

xī gōng nán nèi duō qiū cǎo，luò yè mǎn jiē hóng bù sǎo。
西宫南内多秋草，落叶满阶红不扫。

lí yuán dì zǐ bái fà xīn，jiāo fáng ā jiān qīng é lǎo。
梨园弟子白发新①，椒房阿监青娥老。

xī diàn yíng fēi sī qiǎo rán，gū dēng tiǎo jìn wèi chéng mián。
夕殿萤飞思悄然，孤灯挑尽未成眠。

chí chí zhōng gǔ chū cháng yè，gěng gěng xīng hé yù shǔ tiān。
迟迟钟鼓初长夜，耿耿星河欲曙天②。

yuān yāng wǎ lěng shuāng huā zhòng，fěi cuì qīn hán shuí yǔ gòng。
鸳鸯瓦冷霜华重，翡翠衾寒谁与共。

yōu yōu shēng sǐ bié jīng nián，hún pò bù céng lái rù mèng。
悠悠生死别经年，魂魄不曾来入梦。

lín qióng dào shì hóng dū kè，néng yǐ jīng chéng zhì hún pò。
临邛道士鸿都客③，能以精诚致魂魄④。

wèi gǎn jūn wáng zhǎn zhuǎn sī，suì jiào fāng shì yīn qín mì。
为感君王辗转思，遂教方士殷勤觅。

pái kōng yù qì bēn rú diàn，shēng tiān rù dì qiú zhī biàn。
排空驭气奔如电⑤，升天入地求之遍。

shàng qióng bì luò xià huáng quán，liǎng chù máng máng jiē bú jiàn。
上穷碧落下黄泉⑥，两处茫茫皆不见。

hū wén hǎi shàng yǒu xiān shān，shān zài xū wú piǎo miǎo jiān。
忽闻海上有仙山，山在虚无缥渺间。

① 梨园弟子：指玄宗当年训练的乐工舞女。
② 耿耿：微明的样子。欲曙天：长夜将晓之时。
③ 临邛道士鸿都客：意谓有个从临邛来长安的道士。
④ 致魂魄：招来亡魂。这里指招来杨贵妃的亡魂。
⑤ 排空驭气：即腾云驾雾。
⑥ 穷：穷尽，找遍。碧落：即天空。黄泉：指地下。

lóu gé líng lóng wǔ yún qǐ， qí zhōng chuò yuē duō xiān zǐ
楼阁玲珑五云起，其中绰约多仙子①。

zhōng yǒu yì rén zì tài zhēn， xuě fū huā mào cēn cī shì
中有一人字太真，雪肤花貌参差是②。

jīn què xī xiāng kòu yù jiōng， zhuǎn jiào xiǎo yù bào shuāng chéng
金阙西厢叩玉扃③，转教小玉报双成④。

wén dào hàn jiā tiān zǐ shǐ， jiǔ huá zhàng lǐ mèng hún jīng
闻道汉家天子使，九华帐里梦魂惊。

lǎn yī tuī zhěn qǐ pái huái， zhū bó yín píng yǐ lǐ kāi
揽衣推枕起徘徊，珠箔银屏迤逦开⑤。

yún bìn bàn piān xīn shuì jué， huā guān bù zhěng xià táng lái
云鬓半偏新睡觉，花冠不整下堂来。

fēng chuī xiān mèi piāo piāo jǔ， yóu sì ní cháng yǔ yī wǔ
风吹仙袂飘飘举⑥，犹似霓裳羽衣舞。

yù róng jì mò lèi lán gān， lí huā yì zhī chūn dài yǔ
玉容寂寞泪阑干，梨花一枝春带雨。

hán qíng níng dì xiè jūn wáng， yì bié yīn róng liǎng miǎo máng
含情凝睇谢君王，一别音容两渺茫。

zhāo yáng diàn lǐ ēn ài jué， péng lái gōng zhōng rì yuè cháng
昭阳殿里恩爱绝⑦，蓬莱宫中日月长⑧。

huí tóu xià wàng rén huán chù， bú jiàn cháng ān jiàn chén wù
回头下望人寰处⑨，不见长安见尘雾。

---

① 绰约：体态轻盈柔美。
② 参差：仿佛，差不多。
③ 玉扃：玉门。
④ 转教小玉报双成：意谓仙府庭院重重，须经辗转通报。小玉：吴王夫差女。双成：传说中西王母的侍女。这里皆借指杨贵妃在仙山的侍女。
⑤ 逦迤：接连不断地。
⑥ 袂：衣袖。
⑦ 昭阳殿：此借指杨贵妃住过的宫殿。
⑧ 蓬莱宫：这里指贵妃在仙山的居所。
⑨ 人寰：人间。

wéi jiāng jiù wù biǎo shēn qíng diàn hé jīn chāi jì jiāng qù
惟将旧物表深情，钿合金钗寄将去①。

chāi liú yì gǔ hé yí shàn chāi bò huáng jīn hé fēn diàn
钗留一股合一扇，钗擘黄金合分钿②。

dàn jiào xīn sì jīn diàn jiān tiān shàng rén jiān huì xiāng jiàn
但教心似金钿坚，天上人间会相见。

lín bié yīn qín chóng jì cí cí zhōng yǒu shì liǎng xīn zhī
临别殷勤重寄词③，词中有誓两心知。

qī yuè qī rì cháng shēng diàn yè bàn wú rén sī yǔ shí
七月七日长生殿，夜半无人私语时。

zài tiān yuàn zuò bǐ yì niǎo zài dì yuàn wéi lián lǐ zhī
在天愿作比翼鸟④，在地愿为连理枝⑤。

tiān cháng dì jiǔ yǒu shí jìn cǐ hèn mián mián wú jué qī
天长地久有时尽，此恨绵绵无绝期⑥。

琵琶行（并序）

［唐］白居易

yuán hé shí nián yú zuǒ qiān jiǔ jiāng jùn sī mǎ
元和十年，余左迁九江郡司马⑦。

---

① 寄将去：托道士带回。

② 钗留二句：把金钗、钿盒分成两半，自留一半。擘：分开。合分钿：将钿盒上的图案分成两部分。

③ 重寄词：贵妃在告别时又托他捎话。

④ 比翼鸟：传说中的鸟名，据说只有一目一翼，雌雄并在一起才能飞。

⑤ 连理枝：两株树木树干相抱。古人常用此比喻情侣相爱、永不分离。

⑥ 恨：遗憾。绵绵：连绵不断。

⑦ 左迁：贬官，降职。与下文所言“迁谪”同义。古人尊右卑左，故称降职为左迁。

明年秋，送客湓浦口，闻舟中夜弹琵琶者。听其音，铮铮然有京都声①。问其人，本长安倡女②，尝学琵琶于穆、曹二善才③。年长色衰，委身为贾人妇④。遂命酒，使快弹数曲⑤。曲罢悯然，自叙少小时欢乐事，今漂沦憔悴，转徙于江湖间。予出官二年⑥，恬然自安⑦，感斯人言，是夕始觉有迁谪意。因为长句，歌以赠之，凡六百一十六言⑧。命曰《琵琶行》。

---

① 铮铮：形容金属、玉器等相击声。京都声：指唐代京城流行的乐曲声调。
② 倡女：歌女。倡：古时歌舞艺人。
③ 善才：当时对琵琶师或曲师的通称，是“能手”的意思。
④ 委身：这里指嫁的意思。贾人：商人。
⑤ 快：畅快。
⑥ 出官：（京官）外调。
⑦ 恬然：淡泊宁静的样子。
⑧ 言：字。

xún yáng jiāng tóu yè sòng kè　fēng yè dí huā qiū sè sè
浔阳江头夜送客①，枫叶荻花秋瑟瑟②。

zhǔ rén xià mǎ kè zài chuán　jǔ jiǔ yù yǐn wú guǎn xián
主人下马客在船③，举酒欲饮无管弦。

zuì bù chéng huān cǎn jiāng bié　bié shí máng máng jiāng jìn yuè
醉不成欢惨将别，别时茫茫江浸月。

hū wén shuǐ shàng pí pá shēng　zhǔ rén wàng guī kè bù fā
忽闻水上琵琶声，主人忘归客不发。

xún shēng àn wèn tán zhě shuí　pí pá shēng tíng yù yǔ chí
寻声暗问弹者谁，琵琶声停欲语迟。

yí chuán xiāng jìn yāo xiāng jiàn　tiān jiǔ huí dēng chóng kāi yàn
移船相近邀相见，添酒回灯重开宴④。

qiān hū wàn huàn shǐ chū lái　yóu bào pí pá bàn zhē miàn
千呼万唤始出来，犹抱琵琶半遮面。

zhuàn zhóu bō xián sān liǎng shēng　wèi chéng qǔ diào xiān yǒu qíng
转轴拨弦三两声，未成曲调先有情。

xián xián yǎn yì shēng shēng sī　sì sù píng shēng bù dé zhì
弦弦掩抑声声思⑤，似诉平生不得志。

dī méi xìn shǒu xù xù dàn　shuō jìn xīn zhōng wú xiàn shì
低眉信手续续弹⑥，说尽心中无限事。

qīng lǒng màn niǎn mǒ fù tiāo　chū wéi ní cháng hòu liù yāo
轻拢慢捻抹复挑，初为霓裳后六幺⑦。

---

① 浔阳江：据考究，为流经浔阳城中的湓水，即今江西省九江市中的龙开河（1997 年被人工填埋），经湓浦口注入长江。
② 荻花：多年生草本植物，生在水边，叶子长形，似芦苇，秋天开紫花。
③ 主人：诗人自指。
④ 回灯：重新拨亮灯光。
⑤ 思：悲伤的情思。
⑥ 信手：随手。
⑦ 霓裳：即《霓裳羽衣曲》，本为西域乐舞，唐开元年间西凉节度使杨敬述依曲创声后流入中原。六幺：大曲名，为歌舞曲。

dà xián cáo cáo rú jí yǔ　xiǎo xián qiè qiè rú sī yǔ
大弦嘈嘈如急雨，小弦切切如私语。

cáo cáo qiè qiè cuò zá tán　dà zhū xiǎo zhū luò yù pán
嘈嘈切切错杂弹，大珠小珠落玉盘。

jiàn guān yīng yǔ huā dǐ huá　yōu yè quán liú bīng xià nán
间关莺语花底滑①，幽咽泉流冰下难②。

bīng quán lěng sè xián níng jué　níng jué bù tōng shēng zàn xiē
冰泉冷涩弦凝绝，凝绝不通声暂歇。

bié yǒu yōu chóu àn hèn shēng　cǐ shí wú shēng shèng yǒu shēng
别有幽愁暗恨生，此时无声胜有声。

yín píng zhà pò shuǐ jiāng bèng　tiě jì tū chū dāo qiāng míng
银瓶乍破水浆迸，铁骑突出刀枪鸣。

qǔ zhōng shōu bō dāng xīn huà　sì xián yì shēng rú liè bó
曲终收拨当心画，四弦一声如裂帛。

dōng chuán xī fǎng qiǎo wú yán　wéi jiàn jiāng xīn qiū yuè bái
东船西舫悄无言，唯见江心秋月白。

chén yín fàng bō chā xián zhōng　zhěng dùn yī cháng qǐ liǎn róng
沉吟放拨插弦中，整顿衣裳起敛容。

zì yán běn shì jīng chéng nǚ　jiā zài há má líng xià zhù
自言本是京城女，家在虾蟆陵下住③。

shí sān xué dé pí pá chéng　míng shǔ jiào fāng dì yī bù
十三学得琵琶成，名属教坊第一部④。

qǔ bà céng jiào shàn cái fú　zhuāng chéng měi bèi qiū niáng dù
曲罢曾教善才服，妆成每被秋娘妒⑤。

① 间关：象声词，这里形容“莺语”声（鸟鸣婉转）。
② 幽咽：遏塞不畅状。冰下难：泉流冰下阻塞难通，形容乐声由流畅变为冷涩。难：与滑相对，有涩之意。
③ 虾蟆陵：“虾”通“蛤”。在长安城东南，曲江附近，是当时有名的游乐地区。
④ 教坊：唐代管理宫廷乐队的官署。第一部：如同说第一团、第一队。
⑤ 秋娘：唐时歌舞伎泛指当时貌美艺高的歌伎。

wǔ líng nián shào zhēng chán tóu　yì qǔ hóng xiāo bù zhī shù
五陵年少争缠头①，一曲红绡不知数。
diàn tóu yín bì jī jié suì　xuè sè luó qún fān jiǔ wū
钿头银篦击节碎，血色罗裙翻酒污。
jīn nián huān xiào fù míng nián　qiū yuè chūn fēng děng xián dù
今年欢笑复明年，秋月春风等闲度。
dì zǒu cóng jūn ā yí sǐ　mù qù zhāo lái yán sè gù
弟走从军阿姨死，暮去朝来颜色故②。
mén qián lěng luò ān mǎ xī　lǎo dà jià zuò shāng rén fù
门前冷落鞍马稀，老大嫁作商人妇。
shāng rén zhòng lì qīng bié lí　qián yuè fú liáng mǎi chá qù
商人重利轻别离，前月浮梁买茶去③。
qù lái jiāng kǒu shǒu kōng chuán　rào chuán yuè míng jiāng shuǐ hán
去来江口守空船④，绕船月明江水寒。
yè shēn hū mèng shào nián shì　mèng tí zhuāng lèi hóng lán gān
夜深忽梦少年事，梦啼妆泪红阑干⑤。
wǒ wén pí pá yǐ tàn xī　yòu wén cǐ yǔ zhòng jī jī
我闻琵琶已叹息，又闻此语重唧唧。
tóng shì tiān yá lún luò rén　xiāng féng hé bì céng xiāng shí
同是天涯沦落人，相逢何必曾相识。
wǒ cóng qù nián cí dì jīng　zhé jū wò bìng xún yáng chéng
我从去年辞帝京，谪居卧病浔阳城。
xún yáng dì pì wú yīn yuè　zhōng suì bù wén sī zhú shēng
浔阳地僻无音乐，终岁不闻丝竹声。

---

① 五陵：在长安城外，指长陵、安陵、阳陵、茂陵、平陵五个汉代皇帝的陵墓，是当时富豪居住的地方。缠头：用锦帛之类的财物送给歌舞妓女。
② 颜色故：容貌衰老。
③ 浮梁：古县名，唐属饶州。在今江西省景德镇市，盛产茶叶。
④ 去来：离别后。来：语气词。
⑤ 梦啼妆泪：梦中啼哭，匀过脂粉的脸上带着泪痕。红阑干：泪水融和脂粉流淌满面的样子。

zhù jìn pén jiāng dì dī shī，huáng lú kǔ zhú rào zhái shēng
住近湓江地低湿，黄芦苦竹绕宅生。

qí jiān dàn mù wén hé wù，dù juān tí xuè yuán āi míng
其间旦暮闻何物，杜鹃啼血猿哀鸣。

chūn jiāng huā zhāo qiū yuè yè，wǎng wǎng qǔ jiǔ hái dú qīng
春江花朝秋月夜，往往取酒还独倾。

qǐ wú shān gē yǔ cūn dí，ōu yā zhāo zhā nán wéi tīng
岂无山歌与村笛，呕哑嘲哳难为听。

jīn yè wén jūn pí pá yǔ，rú tīng xiān yuè ěr zàn míng
今夜闻君琵琶语，如听仙乐耳暂明。

mò cí gèng zuò tán yì qǔ，wèi jūn fān zuò pí pá xíng
莫辞更坐弹一曲，为君翻作琵琶行。

gǎn wǒ cǐ yán liáng jiǔ lì，què zuò cù xián xián zhuǎn jí
感我此言良久立，却坐促弦弦转急。

qī qī bú sì xiàng qián shēng，mǎn zuò chóng wén jiē yǎn qì
凄凄不似向前声，满座重闻皆掩泣。

zuò zhōng qì xià shuí zuì duō？jiāng zhōu sī mǎ qīng shān shī
座中泣下谁最多？江州司马青衫湿①。

---

① 青衫：唐朝八品、九品文官的服色。白居易当时的官阶是将仕郎，从九品，所以服青衫。

滕王阁序[1]

［唐］王勃

豫章故郡，洪都新府。星分翼轸[2]，地接衡庐。襟三江而带五湖，控蛮荆而引瓯越[3]。物华天宝，龙光射牛斗之墟[4]；人杰地灵，徐孺下陈蕃之榻[5]。雄州雾列，俊采星驰。台隍枕夷夏之交[6]，宾主尽东南之美。

---

① 滕王阁：唐高祖的儿子滕王李元婴任洪州都督时修建，旧址在今江西南昌赣江之滨。

② 星分翼轸：（洪州）属于翼、轸二星所对着的地面区域。

③ 控蛮荆而引瓯越：控制楚地，连接瓯越。蛮荆：古楚地（今湖北、湖南一带）。瓯越：泛指今浙江南部及福建一带。

④ 牛斗之墟：牛、斗，星宿名。据记载，晋初，牛、斗二星之间常有紫气照射。张华请教精通天象的雷焕，雷焕称这是宝剑之精，上彻于天。张华补雷焕为丰城令，命他寻剑。他在丰城（古属豫章郡）牢狱，掘地四丈，果然得一石匣，内有龙泉、太阿二剑。丰城属洪州，所以王勃用这句来赞美洪州的宝物。

⑤ 徐孺下陈蕃之榻：徐孺子在太守陈蕃家中下榻。徐孺：名稚，字孺子，南昌人，东汉时名士，家贫，常亲自耕种，德行为人所景仰。当时陈蕃为豫章太守，素来不接待宾客，专为徐稚设一榻，平时挂起，只有徐稚来访才放下。因此后世有“下榻”的说法。

⑥ 台隍枕夷夏之交：南昌城处在瓯越与中原接壤的地方。这是说洪州处于要害之地。台隍：城台和城池，这里指南昌城。

都督阎公之雅望，棨戟遥临①；宇文新州之懿范，襜帷暂驻②。十旬休暇③，胜友如云；千里逢迎，高朋满座。腾蛟起凤，孟学士之词宗④；紫电青霜，王将军之武库⑤。家君作宰，路出名区；童子何知，躬逢胜饯⑥。

时维九月，序属三秋。潦水尽而寒潭清，烟光凝而暮山紫。俨骖騑于上路⑦，访风景于崇阿；临帝子之长洲，得仙人之旧馆。层峦耸翠，上出重霄；飞

① 都督阎公之雅望，棨戟遥临：有崇高声望的都督阎公远道来临。棨戟：官吏出行时的仪仗。都督的仪仗到了，也就是说阎公光临。

② 宇文新州之懿范，襜帷暂驻：有美好德行的新州刺史宇文氏在此地暂时停留。新州：州名，今广东新兴。襜帷：车的帷幔，这里借指宇文新州的车马。

③ 十旬休假：当时官员工作十天休息一天，叫作“旬休”。

④ 腾蛟起凤，孟学士之词宗：文坛上众望所归的孟学士，文章的辞采有如蛟龙腾空，凤凰飞起（那样灿烂夺目）。孟学士：名字不详。

⑤ 紫电青霜，王将军之武库：王将军的兵器库里藏有锋利的宝剑，意在显示王将军的勇武和韬略。青霜：剑名。王将军：名字不详。

⑥ 家君作宰，路出名区；童子何知，躬逢胜饯：家父做交趾县的县令，自己因探望父亲路过这个有名的地方（指洪州）；年幼无知，（却有幸）参加这场盛大的宴会。宰：县令，这里指交趾县的县令。童子：自称。

⑦ 俨：整齐的样子。骖騑：车马。

gé liú dān xià lín wú dì hè tīng fú zhǔ qióng dǎo yǔ
阁流丹，下临无地。鹤汀凫渚①，穷岛屿
zhī yíng huí guì diàn lán gōng liè gāng luán zhī tǐ shì
之萦回；桂殿兰宫，列冈峦之体势。

pī xiù tà fǔ diāo méng shān yuán kuàng qí yíng shì
披绣闼，俯雕甍②，山原旷其盈视③，
chuān zé xū qí hài zhǔ lǘ yán pū dì zhōng míng dǐng shí zhī
川泽盱其骇瞩④。闾阎扑地，钟鸣鼎食之
jiā gě jiàn mí jīn qīng què huáng lóng zhī zhú hóng xiāo
家⑤；舸舰迷津⑥，青雀黄龙之舳。虹销
yǔ jì cǎi chè yún qú luò xiá yǔ gū wù qí fēi qiū
雨霁，彩彻云衢⑦。落霞与孤鹜齐飞，秋
shuǐ gòng cháng tiān yí sè yú zhōu chàng wǎn xiǎng qióng péng lǐ zhī
水共长天一色。渔舟唱晚，响穷彭蠡之
bīn yàn zhèn jīng hán shēng duàn héng yáng zhī pǔ
滨⑧；雁阵惊寒，声断衡阳之浦⑨。

yáo yín fǔ chàng yì xīng chuán fēi shuǎng lài fā ér qīng
遥吟俯畅，逸兴遄飞。爽籁发而清
fēng shēng xiān gē níng ér bái yún è suī yuán lǜ zhú
风生⑩，纤歌凝而白云遏。睢园绿竹⑪，

---

①汀：水边或水中平地。凫：野鸭。
②甍：屋脊。
③盈视：极目遥望，满眼都是。
④盱：张大眼睛。骇瞩：对所见的景物感到惊异。
⑤闾阎：房屋。钟鸣鼎食之家：贵族人家。古代贵族吃饭时要鸣钟列鼎，鼎中盛食物。
⑥舸舰弥津：船只停满渡口。
⑦云衢：天空。
⑧彭蠡：即鄱阳湖。
⑨衡阳之浦：相传大雁南飞，到了衡阳回雁峰就不再南飞，待春而回。
⑩爽籁发而清风生：宴会上，排箫响起，好像清风拂来。爽：形容籁的发音清脆。籁：排箫，一种由多根竹管编排而成的管乐器。
⑪睢园：西汉梁孝王在睢水旁修建的竹园，他常和一些文人在此饮酒赋诗。

气凌彭泽之樽①；邺水朱华，光照临川之笔②。四美具③，二难并④。穷睇眄于中天⑤，极娱游于暇日。

天高地迥，觉宇宙之无穷；兴尽悲来，识盈虚之有数。望长安于日下，指吴会于云间⑥。地势极而南溟深，天柱高而北辰远⑦。关山难越，谁悲失路之人？萍水相逢，尽是他乡之客。怀帝阍而不见⑧，奉宣室以何年⑨？

呜呼！时运不齐，命途多舛⑩。冯唐

---

① 彭泽：指东晋末陶渊明做过彭泽令。
② 邺水朱华，光照临川之笔：这是借诗人曹植、谢灵运来比拟参加宴会的文人。邺：曹魏兴起的地方。曹氏父子常在这里和文人聚会。朱华：荷花。临川之笔：指谢灵运，他曾任临川（今属江西）内史。
③ 四美：指良辰、美景、赏心、乐事。
④ 二难：指贤主、嘉宾难得。
⑤ 睇眄：观看。
⑥ 吴会：指吴县，今苏州。
⑦ 北辰：北极星，这里暗指国君。
⑧ 帝阍：指皇帝的宫门。
⑨ 宣室：汉未央宫前殿正室叫宣室。汉文帝曾坐宣室接见贾谊，谈话到半夜。
⑩ 舛：不顺。

yì lǎo lǐ guǎng nán fēng qū jiǎ yì yú cháng shā
易老①，李广难封②。屈贾谊于长沙③，
fēi wú shèng zhǔ cuàn liáng hóng yú hǎi qū qǐ fá míng shí
非无圣主；窜梁鸿于海曲④，岂乏明时？
suǒ lài jūn zǐ ān pín dá rén zhī mìng lǎo dāng yì zhuàng
所赖君子安贫，达人知命。老当益壮，
nìng zhī bái shǒu zhī xīn qióng qiě yì jiān bú zhuì qīng yún zhī
宁知白首之心？穷且益坚，不坠青云之
zhì zhuó tān quán ér jué shuǎng chǔ hé zhé yǐ yóu huān
志。酌贪泉而觉爽⑤，处涸辙以犹欢⑥。
běi hǎi suī shē fú yáo kě jiē dōng yú yǐ shì sāng yú
北海虽赊⑦，扶摇可接；东隅已逝，桑榆
fēi wǎn mèng cháng gāo jié kōng huái bào guó zhī xīn ruǎn
非晚⑧。孟尝高洁⑨，空怀报国之心；阮
jí chāng kuáng qǐ xiào qióng tú zhī kū
籍猖狂，岂效穷途之哭⑩！

---

① 冯唐：西汉人，有才能却一直不受重用。汉武帝时被举荐，可是当时他已九十多岁，难再做官了。
② 李广：汉武帝时的名将，多年抗击匈奴，军功大，却终身没有封侯。
③ 屈贾谊于长沙：汉文帝本想任贾谊为公卿，但因朝中权贵反对，就疏远了贾谊，任他为长沙王太傅。
④ 梁鸿：东汉人，因得罪了汉章帝，被迫逃到齐鲁一带躲避。
⑤ 酌贪泉而觉爽：喝下贪泉的水，仍觉得心境清爽。传说广州有水名贪泉，人喝了这里的水就会变得贪婪。这句是说有德行的人在污浊的环境中也能保持纯正，不被污染。
⑥ 处涸辙以犹欢：处在奄奄待毙的时候，仍然乐观开朗。处河辙：原指鲋鱼处在干涸的车辙里。比喻人陷入危急之中。
⑦ 赊：遥远。
⑧ 东隅：日出处，指早晨。桑榆：日落处，指傍晚。古人有“失之东隅，收之桑榆”的说法。
⑨ 孟尝：东汉人，为官清正贤能，但不被重用，后来归田。
⑩ 阮籍猖狂，岂效穷途之哭：怎能效法阮籍不拘礼法，在无路可走时便恸哭而还呢？意思是说，虽然怀才不遇，但也不放任自流。阮籍：三国魏诗人。他有时独自驾车出行，到无路处便恸哭而返，借此宣泄不满于现实的苦闷心情。猖狂：狂放、不拘礼法。

勃，三尺微命，一介书生。无路请缨，等终军之弱冠①；有怀投笔，慕宗悫之长风②。舍簪笏于百龄，奉晨昏于万里③。非谢家之宝树，接孟氏之芳邻④。他日趋庭，叨陪鲤对⑤；今晨捧袂，喜托龙门⑥。杨意不逢⑦，抚凌云而自惜；钟期既遇，奏流水以何惭⑧？

---

① 无路请缨，等终军之弱冠：自己和终军的年龄相同，却没有请缨报国的机会。请缨：请求皇帝赐给长缨（长绳）。《汉书·终军传》记载，汉武帝想让南越（今广东、广西一带）王归顺，派终军前往劝说，终军请求给他长缨，必缚住南越王，带回到皇宫门前（意思是一定完成使命）。后来用“请缨”指投军报国。弱冠：二十岁。

② 投笔：指投笔从军，用班超投笔从戎的典故。宗悫：南朝宋南阳人，少年时很有抱负，说“愿乘长风破万里浪”。

③ 舍簪笏于百龄，奉晨昏于万里：自己宁愿舍弃一生的功名富贵，到万里以外去朝夕侍奉父母。簪笏：这里代指官职。

④ 非谢家之宝树，接孟氏之芳邻：自己并不是像谢玄那样出色的人才，却能在今日的宴会上结识各位名士。谢家之宝树：指谢玄。

⑤ 他日趋庭，叨陪鲤对：过些时候自己将到父亲那里陪侍和聆听教诲。趋庭：快步走过庭院，这是表示对长辈的恭敬。叨：惭愧地承受，表示自谦。鲤：孔鲤，孔子的儿子。鲤对：接受父亲教诲。《论语》中记载：孔鲤趋而过庭，孔子叫住他对他进行教育。

⑥ 捧袂：举起双袖作揖，指谒见阎公。龙门：相传鲤鱼跃过龙门则变为飞龙。这里借“登龙门”的说法，表示由于谒见名人，自己的身份提高了。

⑦ 杨意：即蜀人杨得意，任掌管天子猎犬的官，西汉辞赋家司马相如是由他推荐给汉武帝的。

⑧ 钟期既遇，奏流水以何惭：既然遇到钟子期那样的知音，演奏高山流水的乐曲又有什么羞惭呢？意思是说，遇到阎公这样的知音，自己愿意在宴会上赋诗作文。钟期：即钟子期。俞伯牙弹琴，钟子期能听出他是“志在高山”还是“志在流水”，遂成知音。

呜乎！胜地不常，盛筵难再；兰亭已矣，梓泽丘墟①。临别赠言，幸承恩于伟饯；登高作赋，是所望于群公。敢竭鄙怀，恭疏短引②；一言均赋，四韵俱成③。请洒潘江，各倾陆海云尔：

滕王高阁临江渚，佩玉鸣鸾罢歌舞。
画栋朝飞南浦云，珠帘暮卷西山雨。
闲云潭影日悠悠，物换星移几度秋。
阁中帝子今何在？槛外长江空自流。

---

① 兰亭已矣，梓泽丘墟：当年兰亭宴饮集会的盛况已成为陈迹，繁华的金谷园也已变为荒丘废墟。梓泽：金谷园的别称，为西晋石崇所建，故址在今河南洛阳西北。
② 恭疏短引：恭敬地写此小序。
③ 一言均赋，四韵俱成：我这首诗铺陈出来，成为四韵。

阿房宫赋①

［唐］杜牧

liù wáng bì sì hǎi yī shǔ shān wù ē páng
六王毕②，四海一；蜀山兀③，阿房
chū fù yā sān bǎi yú lǐ gé lí tiān rì lí shān běi
出。覆压三百余里，隔离天日。骊山北
gòu ér xī zhé zhí zǒu xián yáng èr chuān róng róng liú
构而西折，直走咸阳④。二川溶溶⑤，流
rù gōng qiáng wǔ bù yì lóu shí bù yì gé láng yāo màn
入宫墙。五步一楼，十步一阁；廊腰缦
huí yán yá gāo zhuó gè bào dì shì gōu xīn dòu
回⑥，檐牙高啄⑦；各抱地势，钩心斗
jiǎo pán pán yān qūn qūn yān fēng fáng shuǐ wō chù
角⑧。盘盘焉，囷囷焉⑨，蜂房水涡，矗
bù zhī qí jǐ qiān wàn luò cháng qiáo wò bō wèi yún hé
不知其几千万落⑩！长桥卧波，未云何

---

① 阿房宫：秦始皇所建宫殿，遗址在今西安市西阿房村。
② 六王毕：六国灭亡了。六王：齐、楚、燕、韩、赵、魏六国的国王。毕：完结，指为秦国所灭。
③ 兀：山高而上平。这里形容蜀山上树木已被砍伐尽了。
④ 走：趋向。
⑤ 二川：指渭水和樊川。
⑥ 廊腰：走廊。缦：萦绕。回：曲折。
⑦ 檐牙高啄：（突起的）屋檐（像鸟嘴）向上噘起。檐牙：屋檐突起，犹如牙齿。
⑧ 钩心斗角：指宫室结构参差错落，精巧工致。钩心：各种建筑物都向中心攒聚。斗角：屋角突起互相对峙。
⑨ 囷囷焉：曲折回旋的样子。
⑩ 矗：形容建筑物高高耸立的样子。落：座，所。

龙？复道行空①，不霁何虹②？高低冥迷，不知西东。歌台暖响，春光融融；舞殿冷袖，风雨凄凄。一日之内，一宫之间，而气候不齐。

妃嫔媵嫱③，王子皇孙，辞楼下殿，辇来于秦④，朝歌夜弦，为秦宫人。明星荧荧⑤，开妆镜也；绿云扰扰，梳晓鬟也⑥；渭流涨腻⑦，弃脂水也；烟斜雾横，焚椒兰也。雷霆乍惊，宫车过也；辘辘远听⑧，杳不知其所之也⑨。一肌一容，尽态极妍，缦立远视⑩，而望幸

① 复道：在楼阁之间架木筑成的通道。因上下都有通道，叫作复道。
② 霁：雨后天晴。
③ 妃嫔媵嫱：统指六国王侯的宫妃。
④ 辇：乘辇车。
⑤ 荧荧：明亮的样子。
⑥ 梳晓鬟也：早起梳头。
⑦ 涨腻：涨起了（一层）脂膏（含有胭脂、香粉的洗脸的“脂水”）。
⑧ 辘辘：车行的声音。
⑨ 杳：遥远得踪迹全无。
⑩ 缦立：久立。缦：通“慢”。

焉①；有不得见者三十六年。

燕、赵之收藏，韩、魏之经营，齐、楚之精英，几世几年，剽掠其人②，倚叠如山③。一旦不能有，输来其间。鼎铛玉石，金块珠砾④，弃掷逦迤⑤，秦人视之，亦不甚惜。

嗟乎！一人之心，千万人之心也。秦爱纷奢，人亦念其家；奈何取之尽锱铢⑥，用之如泥沙？使负栋之柱⑦，多于南亩之农夫；架梁之椽，多于机上之工女；钉头磷磷⑧，多于在庾之粟粒⑨；瓦

---

① 幸：妃嫔受皇帝宠爱，叫“得幸”。
② 剽掠其人：从人民那里抢来。
③ 倚叠：积累。
④ 鼎铛玉石，金块珠砾：把宝鼎看作铁锅，把美玉看作石头，把黄金看作土块，把珍珠看作石子。
⑤ 逦迤：连续不断。
⑥ 尽锱铢：一点点也不放过。锱铢：古代重量单位，言极其细微。
⑦ 负栋之柱：承担栋梁的柱子。
⑧ 磷磷：这里形容突出的钉头。
⑨ 庾：露天的谷仓。

缝参差，多于周身之帛缕；直栏横槛①，多于九土之城郭；管弦呕哑②，多于市人之言语。使天下之人，不敢言而敢怒；独夫之心③，日益骄固。戍卒叫④，函谷举⑤；楚人一炬⑥，可怜焦土。

呜呼！灭六国者，六国也，非秦也。族秦者，秦也，非天下也。嗟夫！使六国各爱其人，则足以拒秦；使秦复爱六国之人，则递三世可至万世而为君⑦，谁得而族灭也？秦人不暇自哀⑧，而后人哀之；后人哀之而不鉴之，亦使后人而复哀后人也。

---

① 直栏横槛：或直或横的栏杆。
② 呕哑：形容杂乱的乐声。
③ 独夫：这里指秦始皇。
④ 戍卒叫：指陈胜、吴广起义。
⑤ 函谷举：指刘邦于公元前 206 年率军先入咸阳，推翻秦朝统治，并派兵守函谷关。
⑥ 楚人一炬：指西楚霸王项羽后入咸阳，并焚烧秦的宫殿，大火三月不灭。
⑦ 递：传递，这里指王位顺着次序传下去。然而秦朝仅传二世便亡。
⑧ 不暇：来不及。

岳阳楼记

［宋］范仲淹

庆历四年春，滕子京谪守巴陵郡①。越明年②，政通人和，百废具兴。乃重修岳阳楼，增其旧制，刻唐贤今人诗赋于其上。属予作文以记之。

予观夫巴陵胜状，在洞庭一湖。衔远山，吞长江，浩浩汤汤，横无际涯；朝晖夕阴③，气象万千。此则岳阳楼之大观也④，前人之述备矣。然则北通巫峡，南极潇湘⑤，迁客骚人⑥，多会于此，览物之情，得无异乎？

---

① 谪：官吏降职或远调。
② 越明年：到了第二年。
③ 朝晖夕阴：早上傍晚，有时晴朗，有时天阴。
④ 大观：雄伟景象。
⑤ 极：到。
⑥ 迁：降职或远调。骚人：诗人。

若夫淫雨霏霏①，连月不开，阴风怒号，浊浪排空；日星隐曜②，山岳潜形；商旅不行，樯倾楫摧③；薄暮冥冥④，虎啸猿啼。登斯楼也，则有去国怀乡⑤，忧谗畏讥，满目萧然，感极而悲者矣。

至若春和景明⑥，波澜不惊，上下天光，一碧万顷，沙鸥翔集⑦，锦鳞游泳⑧，岸芷汀兰⑨，郁郁青青。而或长烟一空，皓月千里，浮光跃金，静影沉璧，渔歌互答，此乐何极！登斯楼也，则有心旷神怡，宠辱偕忘，把酒临风，其喜

---

① 淫雨：连绵不断的雨。淫：过多。霏霏：雨雪繁密的样子。
② 曜：光辉。
③ 墙：桅杆。倾：倾倒。楫：船桨。催：折断。
④ 薄暮：傍晚。冥冥：天色昏暗。
⑤ 去：离开。
⑥ 景：日光。
⑦ 集：鸟停息在树上。
⑧ 锦鳞：美丽的鱼。
⑨ 芷：一种香草。汀：小洲。

洋洋者矣。

嗟夫！予尝求古仁人之心，或异二者之为，何哉？不以物喜，不以己悲；居庙堂之高则忧其民①；处江湖之远则忧其君②。是进亦忧，退亦忧。然则何时而乐耶？其必曰“先天下之忧而忧，后天下之乐而乐”欤。噫！微斯人③，吾谁与归④？

时六年九月十五日。

---

①庙堂：指朝廷。
②处江湖之远：指不在朝廷做官。
③微：没有。
④谁与归：就是“与谁归”。

醉翁亭记

［宋］欧阳修

环滁皆山也①。其西南诸峰，林壑尤美，望之蔚然而深秀者②，琅琊也。山行六七里，渐闻水声潺潺而泻出于两峰之间者③，酿泉也。峰回路转，有亭翼然临于泉上者④，醉翁亭也。作亭者谁？山之僧智仙也。名之者谁？太守自谓也。太守与客来饮于此，饮少辄醉⑤，而年又最高，故自号曰醉翁也。醉翁之意不在酒，在乎山水之间也。山水之乐，得之心而寓之酒也⑥。

---

① 滁：滁州，今安徽省东部。
② 蔚然：草木繁盛的样子。
③ 潺潺：流水声。
④ 翼然：四角翘起，像鸟张开翅膀的样子。
⑤ 辄：就，总是。
⑥ 寓：寄托。

若夫日出而林霏开①，云归而岩穴暝，晦明变化者②，山间之朝暮也。野芳发而幽香③，佳木秀而繁阴④，风霜高洁，水落而石出者⑤，山间之四时也。朝而往，暮而归，四时之景不同，而乐亦无穷也。

至于负者歌于途，行者休于树，前者呼，后者应，伛偻提携⑥，往来而不绝者，滁人游也。临溪而渔，溪深而鱼肥。酿泉为酒⑦，泉香而酒洌⑧，山肴野蔌，

---

① 林霏：树林中的雾气。霏：原指雨、雾纷飞，此处指雾气。

② 晦明：指天气阴晴昏暗。

③ 芳：花草发出的香味，这里引申为“花”，名词。

④ 佳木秀而繁阴：美好的树木繁荣滋长，（树叶）茂密成荫。秀：植物开花结实。这里有繁荣滋长的意思。

⑤ 风霜高洁，水落而石出者：秋风高爽，霜色洁白，溪水滴落，山石显露。

⑥ 伛偻：腰背弯曲的样子，这里指老年人。提携：小孩子被大人领着走，这里指小孩子。

⑦ 酿泉：泉水名，原名玻璃泉，在琅邪山醉翁亭下，因泉水很清，可以酿酒而得名。

⑧ 泉香而酒洌：泉水香甜因而酒气清醇。此句可理解为倒置辞格“泉洌而酒香”。洌：清澈。

zá rán ér qián chén zhě tài shǒu yàn yě yàn hān zhī lè
杂然而前陈者，太守宴也。宴酣之乐，
fēi sī fēi zhú shè zhě zhòng yì zhě shèng gōng chóu jiāo
非丝非竹①，射者中②，弈者胜，觥筹交
cuò qǐ zuò ér xuān huá zhě zhòng bīn huān yě cāng yán bái
错③，起坐而喧哗者，众宾欢也。苍颜白
fà tuí rán hū qí jiān zhě tài shǒu zuì yě
发，颓然乎其间者④，太守醉也。

yǐ ér xī yáng zài shān rén yǐng sàn luàn tài shǒu guī
已而夕阳在山，人影散乱，太守归
ér bīn kè cóng yě shù lín yīn yì míng shēng shàng xià yóu
而宾客从也。树林阴翳⑤，鸣声上下，游
rén qù ér qín niǎo lè yě rán ér qín niǎo zhī shān lín zhī lè
人去而禽鸟乐也。然而禽鸟知山林之乐，
ér bù zhī rén zhī lè rén zhī cóng tài shǒu yóu ér lè ér
而不知人之乐；人知从太守游而乐，而
bù zhī tài shǒu zhī lè qí lè yě zuì néng tóng qí lè xǐng
不知太守之乐其乐也。醉能同其乐，醒
néng shù yǐ wén zhě tài shǒu yě tài shǒu wèi shuí lú líng
能述以文者，太守也。太守谓谁？庐陵
ōu yáng xiū yě
欧阳修也⑥。

① 非丝非竹：不是什么琴箫所带来的音乐。丝：弦乐器的代称。竹：管乐器的代称。
② 射：这里指投壶，古人宴饮时的一种游戏，把箭向壶里投，投中多的为胜，负者照规定的杯数喝酒。
③ 觥筹交错：酒杯和酒筹交互错杂。觥：用牛角做成的酒杯。筹：行酒令的筹码，用来记饮酒数。
④ 颓然乎其间：醉醺醺地坐在宾客中间。
⑤ 阴翳：形容枝叶茂密成阴。
⑥ 庐陵：古郡名，庐陵郡，宋代称吉州，今江西省吉安市。欧阳修先世为庐陵大族。

主要参考文献

[1] 彭定求编 . 全唐诗 [M]. 北京：中华书局，1960.
[2] 唐圭璋编 . 全宋词 [M]. 北京：中华书局，1979.
[3] 喻守真编 . 唐诗三百首详析 [M]. 北京：中华书局，1985.
[4] 吴功正主编 . 古文鉴赏辞典 [M]. 南京：江苏文艺出版社，1987.
[5] 袁行霈 . 历代名篇赏析集成 [M]. 北京：中国文联出版公司，1988.
[6] 王力 . 王力古汉语字典 [M]. 北京：中华书局，2005.
[7] 郭伯勋编 . 宋词三百首详析 [M]. 北京：中华书局，2005.
[8] 高时良著 . 学记研究 [M]. 北京：人民教育出版社，2006.
[9] 徐健顺 , 陈琴主编 . 我爱吟诵（高级）[M]. 长春：长春出版社，2010.
[10] 朱熹撰 . 四书章句集注 [M]. 北京：中华书局，2011.
[11] 余志慧编 . 中国节日 [M]. 合肥：黄山书社，2012.
[12] 徐健顺 , 陈琴主编 . 我爱吟诵（初级、中级）[M]. 南宁：接力出版社，2012.
[13] 邓启铜注释 . 诗经 [M]. 南京：东南大学出版社，2013.
[14] 邓启铜注释 . 楚辞 [M]. 南京：东南大学出版社，2013.
[15] 王岳 , 张淳 , 邓启铜注释 . 庄子 [M]. 南京：南京大学出版社，2014.
[16] 吴楚材，吴调侯编；邓启铜，钟良注释 . 古文观止 [M]. 南京：南京大学出版社，2014.
[17] 萧统编，李善注 . 文选 [M]. 南京：南京大学出版社，2014.
[18] 钱逊注释 . 论语诵读本 [M]. 北京：中华书局，2016.
[19] 陈琴编 . 中华经典素读范本（1—12册）[M]. 南昌：二十一世纪出版社，2016.
[20] 王恩保 . 中华古文选 [M]. 北京：中国纺织出版社，2017.
[21] 陈少松著 . 古诗词文吟诵导论 [M]. 北京：中华书局，2017.
[22] 徐四海 . 毛泽东诗词全编笺译 [M]. 北京：东方出版社，2017.
[23] 袁行霈主编，李山解读 . 诗经 [M]. 北京：国家图书馆出版，2017.

后记

2013年以来，我开始利用业余时间，先后在丽水市各中小学及莲都区图书馆带领学生及市民素读中华经典。素读，就是一种朴素纯粹的读，一种“不求甚解”的读。素读经典课程创始人、特级教师陈琴在《中华经典素读范本》首页这样描述：“素读不是追求所读（经典）内容的深刻含义，而是求记诵，求熟练，是将所读的内容作永久的、终生的记忆，以（经典文字）量的积累为特征，达到真正意义上的‘腹有诗书’之目标。”这种方法适于诵读经典作品，提倡在人生记忆的黄金时期只求诵读，求熟记，不做深入的解读。日本右脑开发专家七田真在《超右脑照相记忆法》的第五章“教育的原点是背诵和记忆”里这样论述：“‘素读’就是不追求理解所读内容的含义，只是纯粹地读。明治以前的日本教育就是这样按字面来教孩子‘素读’中国的四书五经的。”他还说：“这种不求理解、大量背诵的方法是培养天才的真实方法，也就是右脑教育法。犹太教育培养出很多诺贝尔奖获得者，他们的基础教育就是以记忆学习为中心，强调反复朗读。”

经过几年实践，为这些爱上经典素读的市民朋友及各年龄段的学生，汇编一本中华经典素读材料的想法，始终萦绕在我的脑海中。是时，浙江省委、省政府提出打造“四条诗路”的决策部署，迅速给我点明了前进的方向。一年四季轮回，时节更替，每一个传统节日后面都有其丰富的文化内涵，是不是以一年四季及中华传统节日为主线，编写一本《中华经典诗文素读本》呢？2019年1月，中宣部、中央文明办在传统节日文化活动部署会上要求，各地传统节日文化活动要坚持突出培育家国情怀，挖掘传统节日的文化内涵。这更坚定了我编写这本书的信心。

本书紧紧围绕中华大地上的季节更替和8个传统节日（适当添加现代节日），汇编120多篇适合广大市民、青年学子、蒙童幼儿素读的经典诗文，是为了让广大读者找到重拾经典、走进经典的钥匙。随着一年时序的变化而读与之相应的经典诗文，是件很有意义的事情。特别是莲都区图书馆开展的“亲子素读经典”活动，就父母而言，还有什么比这更值得珍视的呢？

本书所有诗文全部用大字展现，并注音，以解决读者不认识或念不准某些汉字的问题。但这里也有一个问题，今音、古音以什么为标准？一是尽可能选择古音，尊重作者创作时的语境，更好地呈现出经典的内涵；二是不完全按照古音，遵循约定俗成的原则，标注今音。有些特殊的或生僻字的注音还用黑体标出。

另外要说的是，本书每篇古诗文中用着重号标出的汉字都是入声字（《学记》未标），如“日”这个字，文本中就是“日”。入声字要读得短促，这与中国传统的读书方法——“吟诵”有关。因为汉语是一种声调语言，诗文有其内在的节奏和韵律，具有声韵之美。吟诵正是通过声韵之美来表达诗文内在的含义，是将知识的学习变成审美的愉悦，将文化的接受变成艺术的感知。吟诵最基本的规则就是“平长仄短入声促”。对于绝大多数人来说，区分平、仄声应该没问题。普通话中的一、二声就是平声，普通话中的三、四声就是仄声，而入声字虽然只有四百多个，但这四百多个汉字分布在普通话的四个声调中，区分存在一定难度。特意标出入声字是为了引导广大读者根据“平长仄短入声促”的规则来吟诵经典诗文，通过吟诵，深入体会古诗文的含义，进入古诗文的境界，领悟中华经典的精髓。

古诗文需要反复读，不可能一遍读懂。也就是所谓“常读常新”，希望每一位读者的每一次重读都会带来惊喜的发现和意外的收获。

本书的完成，首先要感谢浙江省社会科学联合会，他们提供了全额资助。同时要感谢王泽玖、施燕薇两位同事，他们给予我许多帮助。最后感谢出版社的编辑，是他们的细心编辑工作，使本书减少了谬误。编选经典诗文，对我本人来说是一项新的尝试，受学力和水平所限，难免有不足和疏漏之处，恳请广大读者批评指正。

张虹霞

2019 年 9 月